KB070736

내 마음이 아름다우면 세상도 아름답다

꽃이 꽃을 다치게 하는 일이 없고 나무가 나무를 다치게 하는 일이 없듯이 사람도 사람에게 다치게 하는 일이 없었으면 좋겠다. 꽃이 꽃의 얼굴이 서로 다르다고 해서 불평을 아니하듯이 나무가 수형이 서로 다르다고 해서 불평을 하지 아니 하고 있다. 삶이 다르니 생각이 다르고 생각이 다르니 행동이 다르고 생각이 다르다는 것을 느낀다면 행동이 다르다 해서 다투는 일은 없을 것이다.

사람이 꽃 옆에 있으면 꽃향기가 나고 풀냄새를 맡으면 풀냄새가 난다. 이렇게 서로가 각각이 다르듯이 사람의 의견은 서로 다를 뿐이다. 잠든 나를 깨워서 잠재력을 발휘하고 창조적인 마음으로 성장 발전을 하고 있다.

모든 사물이 결코 서로가 같은 것은 아닌데도
사람이 사람에게 상처를 입히면 마음이 아프다.
내가 먼저 미소 짓고 배려하고 섬기고 사랑하면
내 마음이 아름다워지고 세상도 아름다워진다.

항상 긍정적인 마음으로 상대방의 기분에 맞게
좋은 삶을 찾아서 살아가면 행복을 얻을 수가 있고
성공하고 생활이 여유가 있고 자유로워질 수 있다.
나쁜 습관은 버리고 좋은 습관을 늘리면서 살아간다. ♧

살아보니 아름답고 찬란했다 수필집 서문

★ 한 번뿐인 내 인생의 삶의 목적은 무엇인가?

오늘은 나에게 한 번 주어진 소중한 선물이다.

기뻐하고 감사하라. 사는 목적과 계획을 세우고 살아가라.

잠든 잠재력을 깨워서 창의력으로 나를 빛나게 하라.

인생은 배우는 것이고, 사랑하는 것이고 일하는 것이다.

♧♡ ♥ ♡♧

나 자신을 위해 사랑하고 노력하자.
노력은 나를 배신하지 않는다.

나는 좋은 삶을 찾아서 업적을 남기면서 공동 사회에서
사람들과 오순도순 이야기하며 즐겁게 좋은 삶을 살아가고 있다.
문학작품은 인류의 정신세계를 풍요롭게 하였다. 사람들은
건강, 평화, 행복한 가정생활을 염원한다. 새로운 지식과 첨단의
기술 정보를 가져야 경쟁에서 살아남을 수 있고, 성장과 번영을 이루어
나갈 수 있을 것이다. 나는 나의 생명을 아름답게 살아가기 위해
최선을 다하고 있다. 모든 순간은 나를 키우기 위한 인생의
훈련이라고 생각하니 무엇이든지 받아들이기가 수월했다.

이것이 삶의 의미이고 인생의 목적이니
자아[自我]를 최고[最高]로 완성[完成]하여라.

★ 사랑과 감사는 행복의 씨앗을 뿌리는 것이다.

인생의 생각은 씨앗이고 인생은 생각한 대로 흘러
가고 씨앗을 심은 대로 수확을 하면서 살아가고 있다.

★ **나**는 essay 글감이 아침 해처럼 떠오르면

강물처럼 그냥 흘러가게 할 수가 없어, 힘들어도 글로써

이 세상에 알리고 싶다는 욕망이 강해서, 그때 내게

소중한 essay를 쓰면서 좋은 삶을 찾아서 살아가고 있다.

생각이 현실이 되고 실체가 되어 삶에 나타나고 있다.

나는 나뭇잎이 떨어져 바람인 줄 알았더니 세월이었습니다.

아 하 !! 괴로움이 나의 마음속에 들어와서, 나를 흔들어도

【 이 또한 지나가리라. This, too, shall pass away 】

나는 말하리라. 자신을 이기는 것이 가장 강한 것이다.

우리의 생각은 씨앗과 같아서, 그 종류에 따라서

꽃이 피어납니다. 나는 꽃을 바라보면 꽃 마음이 되고

essay를 보면, 내 삶이 아름답게 빛이 나게 합니다.

【 명품을 부러워하는 인생이 아닌

내 삶을 창조하여 명품이 되게 합니다. 】

내 영혼 명품 인생이 되게 하소서

Let my soul be a luxury life

살아보니 아름답고 찬란했다 내 인생은

나의 essay를 들여다보면 내가 빛이 나게 · 내가 **행복하게**

향기 전하는 치자 꽃처럼 나는 곳곳에 여러분에게 명인들의

글을 인용하여 지은 글과 사진으로 다양한 관점에서

볼거리로 감상하실 수 있도록 노력을 하였습니다.

『 아름다운 사람들과 함께하기 위해 스스로 아름다운 사람
이 되기를 바라고 노력하는 사람이 되겠노라는 다짐이 글을
쓰게 했습니다. 감동으로 마음을 움직이는 essay 그리고
건강 상식과 유머로 즐거운 감정을 불러일으키어, 문제를
풀어주고 위로해 드리면서, 피로가 해소되어 우리 몸의
기능을 극대화되게 하여, 성장 발전을 하게 합니다. 』

나는 좋은 생각과 열정으로 즐기기 위해 일을 하면서
성취감과 감사한 마음으로 함께 살아가는 공동 사회에서
언제나 아름답고 고마운 마음으로 독자를 존경하고

사랑하면서   내 인생은 『 **살아보니 아름답고 찬란했다**   』

나의 수필집을 조심스럽고 부끄러운 마음으로
출간을 합니다.

그대가 있어 내가 좋은 삶을 살듯이

그대도 내가 있어 좋은 삶을 살았으면 합니다.

I have you like I live a good life

I hope you have a good life with me too. ♣

2021년 봄

지은이 **류 희 범 시인 수필가**

살아보니 아름답고 찬란했다

수필 제목으로 찾아보기

새롭게 자주 하소서

문학작품은 인류의 정신세계를 풍요롭게 하였다.
잠든 두뇌를 깨워 잠재력과 창의력을 발휘한다.

★ 이 세상에서 가장 현명한 사람은?

늘 배우려고 노력하는 사람이고

★ 이 세상 사람들이 가장 후회하는 말은?

아 나도 그때 해 볼걸이라고 말을 하였다.

★ 할 일은 미루지 말고 오늘 하라
★ 나의 좋은 삶을 창조하고 있다.

♫ 개인의 인생도 하나의 '경영'이다.

삶을 행복과 성공으로 이끄는 전략은 과연 무엇일까?.
행복하게 성공하고 싶어 하는 우리에게 자신의
분야에서 성공적인 삶을 살아가는 세계의 명사들이
남긴 명언을 지은이는 수필에 인용 전달하여 행복하게
성공으로 나아가도록 삶의 지혜와 세상에 대한
통찰로 개인의 인생을 경영하도록 인도하고 있다.

우리는 삶을 살아가면서 다른 이의 행복을 위해
우리가 투자하는 시간은 얼마라고 생각할까?
21세기를 살아간다면 막연한 기대나 노력만으로는
행복한 삶을 이룰 수 없다. 체계적인 전략 수립과
실행으로 인생을 경영해야만 가능하다고 생각한다. ♣

학의 무용

나는 공부하고 준비하리라.

그러면 기회는 반드시 온다. 링컨 명언

누구에게나 몇 번의 좋은 기회가 찾아온다.

힘을 준비한 사람은 기회가 오면 붙들 수 있다.

가장 현명한 사람은

가장 현명한 사람은

늘 배우려고 노력하는 사람이고
가장 훌륭한 사람은
국가에 충성하는 사람이다.

가장 강한 사람은
타오르는 욕망을 자제하는 사람이며
가장 훌륭한 자식은
부모님께 항상 효도하는 사람이다.

가장 욕심 없는 사람은
자기한테 주어진 몫에 대하여
마음을 비우고 불평불만이 없이
누구에게나 배려하는 사람이다.

가장 건강한 사람은
미소짓고 늘 웃는 사람이며
가장 인간성이 좋은 사람은
남을 도우면서 살아가는 사람이다. ♣

천재는 만들어지고 우연히 생긴 천재는 아니다.

좋은 환경과 좋은 교육이 천재를 만들었다.
천재는 유전적 천성의 결과가 아니고
절대로 우연히 생긴 천재는 아니다.
천재들은 조기 교육을 받았다.
그들은 모두 영·유아 때 교육을 시작했다.
그들은 어떤 교육의 결과
필연적으로 생긴 천재이다.

장난감을 주지 말고 많은 것을 보게 하라.
소식하게 하고 정성 들여 공부하는 습관을
길러라. 아무나 친구를 사귀지 못하게 하고
위문이나 자선을 행동으로 가르치고 열심히
놀고 열심히 일하고 진리의 맛이 즐겁고
행복하게 해줌을 가르쳐라.

천재들은 3세 때 글을 쓰고
6세 때 초등학교에 입학해 6살에 졸업하였다.
7세 때 중학교에 입학하고, 9세 때 대학에
입학하고 14 때 박사 학위를 받고, 16세 때
대학교수가 되었으며 그리고 80세 넘게
장수한 천재들이 많다. 그들은 완전히
어떤 종류의 교육의 결과인 것이다.

천재는 [조기 교육]을 받는다.

조기 교육이 영재를 만드는 것은 어째서일까?

교육의 이상은 어린아이의 가능 능력을

100%로 실현하는 것이다.

즉 교육을 시작하는 것이 늦어지면 늦어질수록

어린아이가 갖고 태어난 기능

능력의 실현될 비율이 낮아진다.

인간의 능력은

그 발달기에 발달의 기회가

주어지지 않으면 하나하나 말라서 없다.

이렇게 조기 교육이

영재를 만드는 까닭도 여기에 있다.

천재는 유전적 천성의 결과가 아니다.

좋은 환경에서 좋은 교육으로 천재를 키운다. ♣

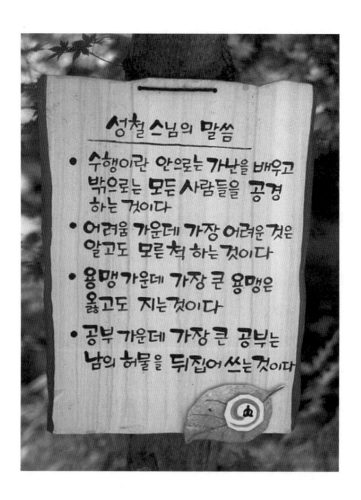

★ 인생의 목적은 이기는 것이 아니다.

인생의 목적은 성장하고 나누는 것이다.

당신은 다른 사람들보다 잘하고

그들을 이긴 순간보다 그들의 삶에 기쁨을 준

순간을 회상하며 더 큰 만족을 얻게 될 것이다.

내가 무한한 잠재력을 발휘하여 특정 분야에서

탁월한 업적을 만드는 일이 내 인생의 목적이다. ♣

유머 세상

사랑이 동물성일까? 식물성일까?
사랑이 뭐냐고 물으신다면
눈물의 씨앗이라고 했으니 식물성이다.

임신한 여자가 어린애 업고 있으면
어떤 여자일까?
행복한 여자지요. 배부르고 등 따스하니까.

재수가 없어야만 좋은 사람은 어떤 사람일까?
고3 학생의 대학 수험생이지요.

깨끗이 쓸고 간 자리에
비 들고 서 있는 여자는 어떤 여자일까?
쓸 데가 없는 여자지.

시장에 가서 장을 다 봐놓고 카바레에서
춤추고 나오는 여자는 어떤 여자일까?
장은 다 봐 놨으니까 볼 장 다 본 여자지.

10년이 넘도록 이 다방 저 다방 옮겨
다니는 다방 마담은 어떤 여자일까?
이 여자는 다방면으로 유명한 여자겠지.

[출처] 유머 세상|작성자 스타

춘란 꽃

★ 정다운 사람끼리 자주 만나서
　오순도순 이야기하며 살아가면 좋으련만
　마음대로 안 되는 게 인생이고 사랑이더라 ……

좋은 삶을 찾아서 살아간다.

인간은 누구나 이 세상에서 태어나 연습도 없는
단 한 번의 인생으로 살아가는데 나는 내 인생에서
좋은 삶을 찾아서 살아가고 있다. 나는 나의 마음을
기쁨으로 채우기 위해 업적을 남기는 일을 하면서
감사한 마음으로 살아간다.

나는 인간으로 태어나서 여기까지 살아왔지만
무엇을 남길 것인가? 나는 왜 근심 걱정이 있으며
근심 걱정은 또 어떻게 떠나가게 해야 할 것인가?
성현들은 인물은 길러지고 명가는 만들어진다고 했다.
나쁜 습관은 줄이고 좋은 습관을 늘리는 삶이 좋은 삶인데
왜 실천을 하지 못할까? 누구나 근심 걱정과 고난의
길이 없기를 원하겠지만 고난 속에서 힘들게 살아가는
사람과 평화 속에서 미소 짓고 행복을 느끼면서
즐겁게 살아가는 사람이 있다.

평화 속에서 행복하게 살아가는 사람도
또 고난 속에서 힘들게 살아가는 사람도
다 함께 섬기고 사랑하면서 평화 속에서
즐겁고 알뜰하게 살아야 가야 하겠습니다.
고난 속에서 힘들게 스트레스가 더 많이 생기면

내 수행의 계기로 삼고 즐겁게 살아가고 어쩌다가
스트레스가 없는 날이면 오늘은 좋은 날이구나 생각을
하고 살아가야 하겠지만, 인간 세상에는 누구나
고난이 있기에 수행하기에 좋은 세상이라고 할까요?
나는 스스로 담대하게 세상을 살아갑니다.
내가 걸려서 넘어지면 걸림돌이요, 딛고 일어서면
디딤돌이 되지요. 내가 만약에 나에게 그렇게
힘든 일이 닥치지 않았다고 생각하면
요즘 내가 뭐하면서 살고 있을까?

한 번쯤 묵상하면서 깊이 생각을 해 본다.
내가 무엇을 남길까? 어떻게 좋은 삶을 찾아서
제일 좋은 삶으로 잘 살아갈 수가 있을까?
끝없이 넓은 이 세상에서 사람들이 살아가는데
얼굴이 모두가 다르듯이 살아가는 삶도 모두가
다르겠지요. 누구의 삶이 제일 좋은 삶일까요?
내 삶이 제일 좋은 삶이요 하고 대답을 한 사람이
있을까? 왜 나만 이렇게 고난 속에서 힘들게 살아갈까?
하는 사람은 많아도 나는 행복하게 잘 살아간다고 말하는
사람은 거의 없다. 날마다 좋은 삶을 찾으면서
사는 삶이 제일 좋은 삶이라고 아리스토텔레스는
말을 하였다. 나는 그의 말대 살아가고
있다고 본다. 내 인생도 연습도 없는

딱 한 번뿐인 소중한 인생이고 삶이니까요.
누구에게나 공평하게 개봉되지 않고 오는 오늘과
내일은 나는 어떻게 살아볼까? 헛돈 안 쓰고 헛된 시간
보냄이 없이 절제되고 계획된 생활에 이 땅에서 열정으로
일하고 업적을 남기면서 알뜰하게 살아갑니다.
우리가 살아가는 삶은 우리의 생각이 가꿉니다.

우리의 삶을 가꾸면 좋아지고 포기하면 나쁘게
되겠지요. 당신과 나 마시는 차 한 잔에 인생의
꿀물이 흐릅니다. 그러니 당신과 나는 우리의 삶을
아름답게 가꾸는 주인이지요. 우리는 연인 하나다.
이렇게 바람 부는 들판에서도 외롭지 않은 우리는
찜통더위에도 덥지 않고 기나긴 엄동설한에도 춥지
않은 우리는 불타오르는 가슴 하나로 충분한 우리는
함께 살아왔고 생명처럼 소중한 정을 함께 지녔다.

평화 속에서 미소 짓고 우리를 사랑하시면서
제일 좋은 삶을 찾아서 우리에게 기쁨을 채워주시고
한 번뿐인 소중한 우리의 삶과 우리가 성숙 되어
좋은 세상 좋은 환경에서 다 함께 섬기고 사랑을 하면서
잘 살게 도와주시는 우리 사회 공동체 여러분에게
이 영광을 올려 드립니다. ♣

숲으로 가는 길 숲속에서 노는 새

사랑이 가득한 집

남을 칭찬하면 내 정신 건강에 좋다.

감사는 자기 안에 행운의 씨앗을 심는 일이다.

유머 법정에서

판사 : 증인이 총 쏘는 것을 직접 보았습니까?
증인 : 총소리만 들었습니다.

판사 : 그럼, 그것은 증거로 받아들일 수가 없습니다.
증인 : 증언대를 떠나면서 판사에게서
　　　 등을 돌린 증인은 큰소리로 웃었다.

증인 : 판사님은 제가 웃는 것을 보았습니까?
판사 : 웃는 소리만 들었지.

증인 : 그럼, 그것도 증거로 받아들일 수 없겠네요?
판사 : 증인을 보고서 말이 없는 판사······ ♣

★ 뇌에 나쁜 영향을 주는 주범은 포화 지방이다.
　포화 지방은 기억력과 학습 능력에 해가 있다.
　　단 불포화 지방[올리브 유]은 기억력에 도움이 있다.
　　포화 지방을 많이 먹을수록, 뇌와 기억력의 기능
장애가 심해진다. 그린 우드의 박사가 쥐의 학습 능력
을 확인하였는데 포화 지방이 10% 들어있는 음식을
먹었을 때 아무것도 학습하지 못했다. 포화 지방이
뇌에 미치는 유해 한 영향은 누적이 된다. ♡

사는 목적과 계획을 세우고 살자

인생은 누구나 짧고 연습도 없는 오직 한 번뿐이다. 창의력과 잠재력을 발휘하여 문제를 해결하고 사는 목적을 세우고 실천 계획을 세워서 실천에 최선을 다하여 최고로 능률을 올리면서 살아가야 한다.

사는 목적이란 무엇이냐? 어떤 목적을 향하여 우리의 마음이 움직이는 것이요 어떤 목적을 세우고 그것을 달성하려면 우리의 정신이 작용하는 것이다.

산다는 것은 사는 목적을 세우고 그것을 달성하려고 노력하는 것이다. 목적이 있는 곳에 길이 있다. 몰입해서 생각하고 노력하면 꿈은 이루어진다.

삶을 바꾸는 길을 찾아라, 그러면 만난다. 이것은 뜻을 가지고 사는 사람을 위한 금과옥조[金科玉條]이다. 큰 뜻을 가진 사람은 큰일을 이루고, 작은 뜻을 가진 사람은 작은 일을 이룬다. 뜻과 일은 상호 비례한다. 그러므로 크고 강한 사는 목적과 계획을 세우고 최고로 좋은 삶을 살자. **사는 목적과 계획을 세우고 사는 사람은** 시간을 황금처럼 아끼고 말에 신의[信義]를 지키고 행동에 책임을 지고 남과 화목을 이루고 매사에 조심하면서 일을 열심히 한다. 사는 목적은 성취하려는 원동력이다. 세상에 성취처럼 기쁘고 자랑스럽고 보람 있는 일은 없다. 내 인생의 푸른 동산에 나무를 심고 보살피면서 살아가라. 이것이 인생의 삶의 의미이고 좋은 삶이다. ♣

사랑하는 임이시여

사랑하는 꽃이
아름답게 피어나듯이
사랑의 미소로
우리를 아름답게 해요

하나씩 쌓여가는
사랑의 그리움이
쓸쓸한 외로움을
없어지게 하면 좋아요

진실한 사랑으로
서로를 향하는 미움이
마음속 파도에 부딪혀
하나도 없게 해요

다하지 못하는
아름다운 사랑은
우리의 마음속에서
꽃으로 피어나면 좋겠어요 ♧

사랑으로 좋은 삶을 살아가자

내 인생 경험담입니다.
나는 70대 인생을 살아가고 있다.
나의 마누라도 70대 인생을 살아가고
있어서인지 여행을 자주 간다.
아내가 여행하는 동안에는
나는 집을 지키면서 집안 살림을 한다.
밥 짓기와 설거지 그리고 가끔은 빨래도 한다.

그런데 어떨 때는
【 아, 내가 이 나이에 밥하고 빨래나 하면서 살아야 하나? 】
화도 나지만 그런데 문득 다른 생각이 들었다.
그렇다면 마누라는 어떤 마음으로 시집을 와서 밥하고
일할까? 역지사지, 나는 힘들어도 참아가면서
그 일을 할 수가 없을까?
인생을 살다 보면 힘든 일과 즐거운 일도 있을 것이고
기뻐하는 일과 슬퍼하는 일도 있을 것이다.
잠재력과 창의력으로
좋은 삶을 찾으면서 강하게 살아가고 있다.

내가 이 나이에도 일해 줄 수 있다니
건강한 몸으로 일을 할 수가 있다니
정말로 감사해야 할 일이 아닌가!!

감사는 행복의 씨앗을 뿌린다고 했는데 ……
그 후로는 감사하게 생각하니 기분이 한결 좋았다.

이왕이면 긍정적이고 좋게 생각하는 게 좋은 일
그렇게 하는 게 오히려 지혜로운 일이다.
내가 먼저 섬기면서 사랑을 하고
강한 마음으로 많은 업적을 남기면서
아낌없는 사랑으로 좋은 삶을 살아가자. ♣

유머

노루가 다닌 길은 무슨 길인가요?

예 답은 노루 길입니다. 땡 !!
정답은 노루웨이 입니다.
아하 그렇군요 !!

★ 말대꾸하는 사람 이기는 법

말을 길게 하거나 말대꾸 내용으로 시비를 걸지 말고
나는 윗사람에게 그런 식으로 말하는 것을 싫어한다. 라고
말대꾸 자체를 문제 삼아야 한다.
이때 톤을 높이거나 말을 빨리하면 상대방이 나를 미
워하는구나 하고 반발을 살 수 있다. 따라서 말대꾸
자체만을 낮고 냉정한 목소리로 말해야 이길 수 있다.

키 큰 편백 나무 <small>류희범 촬영</small>

저 높은 곳을 향하여 날개를 펴라

사람의 마음을 사로잡는 칭찬의 힘, 어린아이는 열심히

교육하면 반드시 훌륭한 사람이 될 수 있다.

나는 왜 이 세상에 존재하는가?

나는 목적이 이끄는 삶을 살아가고 있다.

유머 세상

뱃사람들이 제일 싫어하는 우리나라 가수는 누구일까?
배철수지요.
배가 철수하면 뱃사람들이 할 일이 없을 테니까.

우리나라에서 배가 제일 많이 생산되는 곳은 어디일까?
울산 조선소지요.

신혼부부들이 제일 좋아하는 곤충은 어떤 곤충일까?
잠자리가 제일 좋다고 한답니다.

사과 세 개 중에서 두 개를 먹었는데
두 개가 남았다고 한다. 왜 두 개가 남았을까?
맞는 말이지요. 먹는 것이 남는 거니까.

세상에서 제일 겁 없는 사람은 어떤 사람일까?
장님 입니다. 눈에 뵈는 게 없으니까.

외식을 제일 많이 하는 사람은 어떤 사람일까?
알고 보니 거지라고 해요.

커피잔에는 손잡이가 붙어 있다. 어느 쪽에 붙어 있을까?
바깥쪽에 붙어 있지요

[출처] 유머 세상|작성자 스타

모든 변화는 나에게 유익하다

변화를 두려워할 게 아니라

변화하지 않음을 두려워해야 합니다.

모든 변화는 행운의 시작입니다.

변화는 당신의 성장과 행운을 약속합니다.

얼마나 감사한 일인가요. 우주의 에너지가

당신에게 변화라는 기회를 주고 있으니까요.

진정한 나를 만나고, 변화하고, 사랑하는 것이야말로

행운을 얻는 첫걸음입니다. 변화를 거부 한자는 이미

죽은 사람이다. 변화를 즐기는 행복한 조직을 만들자

삶에 변화가 없으면 인생은 이미 녹슨 것

세상을 변화시키는 작은 영웅들

낙관론자가 세상을 변화시킨다.

변화를 주저하지 말고 마음의 문을 활짝 여는 것,

바로 행운을 불러들이는 자세입니다.

변화를 거부하는 몸짓은 더 큰 불행을 초래하기 쉽습니다.

모든 변화는 행운의 시작입니다.

혹시 안 좋은 시기에 혹여 나쁜 일이 생기더라도

[이 변화는 틀림없이 내게 유익하다]라고 생각해보세요.

결과도 그렇게 바뀌게 됩니다. ♣

256년을 산 사람의 장수비결

그대의 형(形)을 힘들게 하지 말고
그대의 정(精)을 흔들지 말며
그대의 생각이 복잡하게 하지 말라.
적게 생각함으로써 신(神)을 기르고
적게 욕심냄으로써 정(精)을 기르며
적게 말함으로써 기(氣)를 길러라.

먹을 때 배부르게 먹지 않는다.
배부르면 위장이 상하게 된다.
잠잘 때 지나치게 자지 않는다.
지나치게 자면 정기가 손상된다.
나는 256년을 살면서
지나치게 먹은 적이 없고
지나치게 잠을 잔 적이 없다.

추워지기 전에 먼저 옷을 입고
더워지기 전에 먼저 옷을 벗고
목마르기 전에 먼저 물을 마시고
배고프기 전에 먼저 먹어라.
식사는 여러 번 나눠 먹되 적게 먹고
한꺼번에 많이 먹지 말라.
256년을 산 사람의 장수비결이노라. ♧

무병장수의 조건(條件)

멋있고 건강한 노후생활(老後生活)을 위한
필요 충분 조건(必要 充分條件)

이렇게 하면 건강하고 멋있는 인생(人生)이다.

♡ 첫째:쾌식(快食)
1. 식사를 잘하여야 합니다.
2. 식사 때 (아침, 점심, 저녁) 굶지 않고
3. 맛있다고 과식하지 말고
4. 소량이라도 맛있게 먹어야 합니다.

♡ 둘째:쾌변(快便)
1. 정기적으로 배변을 잘해야 합니다.
2. 변비(便秘)는 좋지 않습니다.
3. 배뇨, 배변을 시원하게 해야 합니다.

♡ 셋째:쾌면(快眠)입니다.
1. 숙면(熟眠)을 잘해야 합니다.
2. 불면증(不眠症)은 사람을 미치게 만듭니다.
3. 잠자리에 들면 푹 자고 일어나야 합니다.

♡ 넷째:쾌보(快步)입니다.
1. 걸음을 경쾌하게 걸을 수 있어야 합니다.
2. 관절이 좋지 않아서 경쾌하게 걷지 못하면
   큰 불행입니다.

3. 몸을 똑바로 세우고, 경쾌히 걸을 수 있다는 것은
   큰 행복입니다.
4. 가능하면 속보(速步)로 심폐기능을 강하게 해야 합니다.

♡ 다섯째:쾌소(快笑)입니다.
1. 농담이나 익살을 떨어서라도 통쾌하게 웃으십시오.
2. 친구들과 만나면, 웃음보를 터트려서라도
   크게 웃을 수 있는 농담이라도 한마디 하세요.
3. 웃으면 복이 온답니다.
4. 일소 일소(一笑 一少)랍니다.

♡ 여섯째 : 쾌애(快愛)입니다.
1. 아내건, 애인이건 많이 사랑하십시오.
2. 좋아하는 이성이 있으면 망서리지 말고
   구애(求愛)하세요.
3. 유쾌한 성생활은 인생을 연장합니다.
4. 그러나 지나친 정력 낭비는
   명(命)을 단축하기도 합니다.

♡ 일곱째:쾌사(快事)입니다.
1. 자기가 하고 싶은 일에 열중하십시오.
2. 자기가 하고 싶은 일을 찾아서 만드십시오.
3. 자기가 하고 싶은 일은 항상 즐거움을 줍니다.
4. 자기가 하고 싶은 일을 하면 크나 큰 성취감을 줍니다.
5. 하고 싶은 일은 곧 자아실현(自我實現)입니다.

♡ 여덟째:쾌비(快費)입니다.

1. 써야 할 때에는 아낌없이 쓰십시오.
2. 수의(壽衣)에는 호주머니가 없다고 합니다.
   아낀 돈을 저승 갈 때 가져 갈 수는 없습니다.
3. 먹고 싶은 것 있으면, 사 먹으십시오.
4. 친구 만나면, 밥 한 끼, 술 한잔을 먼저 사십시오.
5. 노후 준비보다 사후준비를 하십시오.
6. 죽은 후에, 다른 산 사람이
   "그 사람 착한 사람이었는데."라는 말을 하도록
   적소적비(適消適費)하십시오. ♣

★ 산다는 것은 무엇인가. 산다는 것은 길을 가는 것이다.

나는 나의 길을 가고 너는 너의 길을 가야 한다.
모든 생명 앞에는 자기가 가야 할 길이 있다.
우리는 구도자[求道者]의 정열을 가지고 자기의 길을 찾고
자기의 길을 가야 한다. 나는 인류의 스승인 5대 선철[五大 先哲]
그리스도, 소크라테스, 석가, 노자, 공자의 가르침을 살펴보았다.
그들의 말씀과 사상과 인격은 우리에게 지혜[智慧]의 빛이 된다.
길을 가려면 힘으로 가야 한다. 그 힘을 덕[德]이라고 한다.
아무리 우리 앞에 밝고 큰 길이 있어도 그 길을 가려는
의지가 없으면 우리는 그 길을 갈 수 없다.

우리는 정도[正道]와 대도[大道]를 가기 위하여 꾸준히
덕을 닦고 힘을 길러야 한다. 나는 배우고 익혀야 할 4가지의
큰 덕은 지혜[智慧]와 사랑과 정의[正義]와 용기[勇氣]다.
생명을 사랑하고 길을 찾고 덕을 닦아라. 이러한 생활을 하고
이러한 경지에 도달할 때 인생의 깊은 낙[樂]이 있고 참된
복[福]이 있다. 이러한 복과 낙의 세계를 우리는 천국이라 하고
극락이라 하고, 해탈[解脫]이라고 한다. 자아를 최고[最高]로
완성하여라. 이것이 인생의 의미이고 목적이다. ♣

꿈이 있기에 위대하다.

사람은 누구나 자기 미래의 꿈에 계속
또 다른 꿈을 더해 나아가는 적극적인 삶을
살아야 한다. 현재의 작은 성취에 만족하거나
소소한 난관에 봉착할 때 미래를
향한 발걸음을 멈춰서는 안 된다.
우리는 꿈이 있기에 위대하다.
꿈을 절대로 포기하는 일이 없어야 한다.

문제가 있다는 것을 기뻐하라.
문제가 없는 인생은 어디에도 존재하지 않는다.
문제가 있다는 것은 살아있다는 증거다.
온종일 누워 뒹굴기만 하면 아무 문제도
생기지 않을 것이다. 안고 있는 문제가 크면 클수록
많으면 많을수록 진지하게 살아가고 있다는 것이다.

정말 문제가 있다는 것을 기뻐하라.
시련은 언제나 있기 마련이다.
시련과 절망은 극적인 변화를 일으킨다.
시련은 사람을 키워놓고 떠나간다. 사람은 어려운
일과 문제를 통해 단련된다. 더 큰 성장을 위해서는
문제가 있다는 것을 알면서도 즐겁게 좋은 삶을 살아
가고 있다.

실수를 털어놓는 사람에게 더 믿음이 가게 마련이다.
자신의 약점을 드러내면 신뢰를 얻을 수 있다.
겸손한 마음으로 도움을 청하면 더 배울 수 있다.
실수를 인정하면 용서받을 수 있다. 지도자가 실패한
사례를 공개하면 직원들은 더욱 용기를 갖고 모험하게
된다. 겨울이 없다면 봄은 그렇게 즐겁지 않을 것이다.
만약 우리에게 고난이 없었다면 성공 역시 그토록
환영받지 못할 것이다.

[성공하는 사람들은 자신을 불편한 상태로
 만드는 반면에 성공하지 못한 사람들은
모든 결정에서 편안함을 좋아한다.]
어떤 상황에서도 어떤 사람을 만나도
당신이 어떻게 원하는 것을 어떻게 얻을 수가 있는가.
매 순간 고민을 하기보다는 전진을 하고 있다.
과거를 애절하게 들여다보지 마라. 다시 오지 않는다.
현재를 현명하게 개선하라. 너의 것이니, 어렴풋한
미래를 나아가 맞으라. 이미 지나간 과거는
늘 아쉽기만 하고, 현재의 많은 선택 앞에 주저하며
불확실한 미래에 대해서 걱정을 하지 말라.
우리는 과거, 현재, 미래에 고민한다.
하지만 고민만 하는 삶을 살아갈지 아니면 고민을
해결하는 삶을 살아갈지는 실행의 한 끗 차이이다.
사람의 마음을 얻는 대화의 기술이 필요하다. ♧

남의 행복에서 나의 행복을 찾아라

• 남의 행복에서 나의 행복을 찾아라.
  행복한 사람이 많지 않은 이유는
  나의 행복부터 찾기 때문입니다.
 " 나의 행복부터 찾으면 행복을 찾지 못하고
  남의 행복부터 찾으면 나의 행복을 찾을 수 있다."
  행복을 찾는 사람의 비결이다.

  오늘의 시련이 힘겨워
  절망의 나락 끝으로 다다를 때
  오늘이 끝이 아니라……
  내일이 있다는 걸
  나는 이 글을 쓰기 위해
  20년을 준비하였다.
  사람에겐 감당하지 못할 고통을
  주시지 않는 것처럼……
  오늘이 힘들더라도
  내일은 덜 힘들다는 믿음으로
  우리 웃고 살아요. ♣

아시나요 ?

당신은 웃을때가

제일 멋지다는것을...!

웃자 오늘도...

ha

얼굴 피부가 중요하다.

얼굴 피부가 좋으면 인상이 좋다.
실제 나이보다 얼굴 피부가 중요하다.
얼굴이 예쁘면 사업도 잘하고
사업이 잘되면 마음이 즐거워
얼굴 피부도 좋아지고
행복을 느낄 수 있다.

사람은 여러 가지의 삶 중에서
좋은 삶을 찾아서 살아야 하고
실제 나이는 중요하지가 않다.
몇 살처럼 보이냐는 것이 중요하다!!
올해로 50대로 접어든 한 여성이
우울감에 빠지게 되었지만
그녀는 오히려 생각을 바꾸어
하루하루를 행복하게 살아가고 있다.

그 이유는 주변 사람들이
그녀를 40대 초반부터 적게는
30대 중반까지도 보기 때문이다.
그녀는 실제 나이보다 10살 이상 어려 보이는
피부를 얻게 된 것에 힘이 컸다고 한다.

얼굴 마사지로
얼굴 피부가 밝아지면서
얼굴이 화사하고 생기있게 변화되고
그 후에는 눈가주름과 팔자주름이
몰라보게 옅어지게 되었다고 한다.

다시 한번 큰 만족감을 얻어
마음이 평화 속에서 편안하였다고 한다.
마음이 즐겁고 편안하면
몸 건강도 좋아지고 얼굴 피부도 좋다.
반면에 피부가 나쁘면 회복이 어렵다.
좋은 음식과 운동 그리고 마사지가 중요하다.

나는 수시로 음악 감상에 스트레칭과
독서를 하고 출간을 하기 위한 글쓰기를 한다.
근심 걱정은 수시로 바람에 날려 보낸다.
마음이 항상 즐겁고 편안하고 잡념이 없다.
요즘은 춥지도 덥지도 않고 고요하다.
실내 숲의 맑은 공기에 얼굴 피부가 좋고
평화 속에서 마음이 편안하니 일이 잘되어
많은 업적을 남기고 행복을 느끼면서
흐뭇한 마음으로 좋은 삶을 살아가고 있다. ♧

사람의 마음에는 신체를 지배하는 힘이 있다.

영국의 경험주의 철학자 홉스는
인간의 본성을 이기적으로 파악하였다.
인간은 모두 완전한 자유를 누릴 수 있는 권리를 가지고
태어났다. 그러나 이 자유는 방종을 의미하지 않는다.
자연 상태에서도 신이 부여한 자연법이 존재하기 때문이다.
자연법을 지킴으로써 인간은 대체로 평화로운 자연 상태를
유지할 수 있다. 그러나 타인을 자신에게 굴복시키려는
자들에 의해 종종 전쟁 상태로 빠질 위험이 있다.

인간은 이런 위험을 제거하기 위해
사회 계약을 맺고 국가를 형성하게 된다.
이러한 공포에서 벗어나 자연 상태에서 개개인은
계약을 맺어 자신의 자유와 권리를 절대자에게
양도하고 국가를 수립하여 통치자에게
절대권을 부여해야 한다고 주장하였다.

사람은 아름다운 존재이다.
이 세상은 지식보다 도덕과 윤리가 더 절실하다.
사람은 창의성을 갖고 좋은 아이디어를 내놓는다. 창의성은
지극히 민감한 꽃이고 칭찬이 창의성을 꽃피운다. 그와는
반대로 기가 꺾어지면 창의성은 사라진다. 노력이 진심으로
인정받게 되면 창의적인 문화를 유지하기 위해서는 사람들
에게 실패할 수 있는 권리를 주는 것이 가장 중요하다.

창의성은 곧 위험이고 실수와 실패이다.

나를 어렵게 하는 문제와 마주하라. 틀리고 실수와
실패할 때가 뇌가 성장하는 최고의 순간이다. 힘든
노력이 뇌를 자극하면서 능력을 성장시킨다.

힘든 시련이 자기를 짓밟고 무너뜨리려고 온 게 아니라
기회를 주려고 왔다고 여기는 태도가 매우 필요하다.

성장을 경험하려면 어렵고 까다로운 문제를 붙잡고
어려워서 틀릴 때가 뇌가 성장하기에 최적의 시기이다.
우리가 틀릴 때 뇌에서 연접 점화되는데
이것이 뇌 성장의 증거이다.

인간은 일어나는 사고를 통제할 수 없다.
그보다는 사고가 일어났을 때 감정을 다스릴 수 있을
뿐이다. 두려움이 지나쳐 모든 것을 두려워한다면 그야
말로 끔찍한 일이다. 경제 대 공황을 이겨내고 2차 대전
을 승리로 이끈 공으로 4선에 성공한 루즈벨트
(Franklin Roosevelt) 대통령은 다음과 같은
　명언을 남겼습니다.
　　【우리가 두려워해야 할 것은 두려움 그 자체이다.】
　　(There is nothing to Fear but Fear Itself.)
사람의 마음에는 신체를 지배하는 놀라운 힘이 있다. 생각을
달리하는 것만으로 체중을 줄이고 건강을 회복할 수 있다.
자기가 하는 일이 건강에 좋다는 믿음이 실제 건강에 커다란 영
향을 미친다. 우리는 연습을 하지 않고도 긍정적인 마음가짐으로

임한다면 근력을 강화하거나 악기 연주 기량을 더 빨리 늘릴 수 있다.

자기 능력에 대해 긍정적인 생각이 있을 때

뇌와 신체는 완전히 다르게 작동하여

긍정적인 결과를 가져온다.

우리가 거의 모든 것을 성취할 수 있다고 믿는다면

우리 안에 잠재력도 엄청나다는 것을 알게 될 것이다.

심리 훈련만으로도 근육이 활성화되고

뇌의 신호를 자극하여 뇌의 힘을 증가시킨다.

운동을 통해 건강해지고 있다고 믿으면

정말 더 건강해진다. ♣

건강관리 정보

아침 식탁에 함께 올라온 것은?

소가 어제 먹은 점심 식사 세균 바이러스 항생제

호르몬 유기 살충제 프리온 [광우병 원인]

소젖은[우유] 아기에게 주지 말고

송아지에게 주어야 한다.

아기는 모유를 주어야 한다. 면역성이 있다.

전두엽은 뇌의 왕관이다. 삶의 질은 뇌가 하고 있다.

뇌를 보호하고 영양분과 맑은 산소를 공급하고 있다.

유머

1. 갓난아기는 울어도 눈물이 없는 까닭?
   아직 세상 물정 몰라서

2. 사람의 발바닥 가죽이 두꺼운 까닭?
   인생은 가시밭길

3. 여자의 가장 큰 낭비는?
   예쁜 여자가 화장하는 것

4. 노처녀가 가장 억울한 때는?
   과부가 될 팔자라는 점쟁이 말

.5. 진짜 깨끗한 친구
   목욕탕에서 등 밀어주는 친구.

6. 갑돌이와 갑순이가 결혼하지 못한 이유는?
   동성동본이니까

7. 눈코 뜰 새 없이 바쁠 때는?
   잠을 잘 때

칭찬은 전략이고 정직은 성공비결이다.

사람은 칭찬을 받으면 기쁨과 힘이 솟아 나오고
가슴 속에 꽃이 피어나온다. 칭찬은 그야말로
인간만이 만들어내는 최고의 예술이다.
남에 대한 칭찬은 행운의 씨앗을 뿌리는 일이고
남에 대한 험담은 불운의 씨앗을 뿌리는 것과 마찬가지이다.

【 정말로 칭찬은 상대도 살리고 나도 살린다.
　　남을 이롭게 하는 말은 천금이고
　　남의 기분을 나쁘게 하는 말은 마음이 아프다. 】
　　생각이 씨앗이 된다.
내가 아는 것에 대한 확신을 재고하고
늘 회의하고 의심해 볼 줄 아는 사람일수록
능력이 뛰어난 사람 뛰어난 의사결정자가 될 수 있다.
모든 인간은 다른 사람들이 원하는 걸 충족시켜주기
위해 친절, 겸손, 용기, 희생, 감사, 동기부여, 사회화
배려 등을 꾸준히 할 수 있다.

【 일로 많은 업적을 쌓아 올린 자는 사람들에게
　　그만큼의 무언가를 주고 있다. 업적이란 단순한
　　수치가 아니다. 인간 세상에 대한 공헌이다. 】
　　우리는 사랑하고 섬기기 위해 이 땅에 태어났다.
　　노력이 덧셈이라면 정직은 곱셈이다.
　　정직이 나의 성공과 행복의 비결이다. ⚘

무엇을 가족이라 말하는가.

즐거울 때 같이 즐거워하고
괴로울 때 같이 괴로워하며
슬플 때 같이 슬퍼하면서
일할 때 뜻을 모아서
같이 하는 것을 가족이라고 말을 한다.

고난을 겪으면 복이 있다.
본인이 깨어 있으면 주변이 밝아진다.
힘드시지 않으세요?
즐기기 위해서 한답니다. 나눔은 사랑이다.
진리를 모르면 두렵고 당황해지고 알면 자유롭다.

타인을 바꾸려고 하지 말라. 자신의 마음을 바꾸는
것은 할 수 있는 일이며, 타인의 마음을 바꾸는 것은
할 수 없는 일이다. 할 수 있는 일에 힘을 쓰는
사람은 지혜로운 사람이며 할 수 없는 일에 신경
쓰는 사람은 어리석은 사람이다. - 에픽테토스 -

사람의 생각과 말이 그 사람의 행동과 삶을 지배한다.
영웅은 태어난 것이 아니라 만들어지는 것이다.
정약용은 귀양 가서 500여 권의 저서를 남겼다.
평탄하기만 한 삶에선 걸작이 나오지 않습니다.
삶은 다시 돌아올 수 없는 여행이다. ♧

감동을 주어 마음을 움직이는
아름다운 자연환경

인생의 아침인 청소년 시절도 지나고
인생의 황금 시기인 중장년 시대도 끝났다.
젊어서 힘을 준비하여 많은 업적을 준비한 노인은
흐뭇한 보람을 느끼며 행복한 노년을 보내면서 산다.

노인에게는 풍부한 경험과 많은 지혜가 있다.
노인은 이동도서관이다. 노인은 늙어가는 것이 아니라
과일처럼 익어 간다. 노인은 인생을 새 출발 하는 젊은이에게
소중한 지혜와 경험을 나누어 주고 있다.

행복은 내가 만드는 것이다

행복이란 무엇이냐.

인생의 흐뭇한 정신적 만족감이다.

행복은 돈에 있는 것도 아니요, 권력추구에 있는 것도
아니요, 명예욕의 만족에 있는 것도 아니다. 인간이
행복하게 살려면 첫째는 낙천적 인생관이요, 둘째는 사랑이요
셋째는 보람 있는 일이다. 이 세상의 모든 일은 마음가짐에
달렸다. 내 마음가짐에 따라서 세상은 밝은 천국이 되기도
하고 어두운 지옥이 되기도 한다. 우리는 낙천적 인생관을
배워야 한다. 독일의 철학자 피히테는 사랑은
인생의 주성분이라고 하였다. 사랑은 인생의 태양이다.

성공하고 싶다면 주변의 모든 사람이 성공하도록 만드는
일에 초점을 맞춰라. 사람이 성공하게 최선을 다하라.
그리하면 당신의 성공은 자연히 따라온다.
행복해지고 싶다면 주변 사람들을 위해
가치를 창출함으로써 그들을 행복하게 해 주는데
집중하라. 그리하면 당신은 저절로 행복해진다.
나는 여러분의 운명이 어떻게 될지 모른다.
그래도 한 가지만은 확실히 알고 있다. 여러분 중 정말로
행복해질 사람은 오직 섬김을 어떻게 해야 하는지
끊임없이 탐구하여 깨달은 사람뿐일 거라는 사실이다.
성공하고 싶다면 다른 사람들을 섬기고

성공시키는 일에 초점을 맞추어야 한다.

감사는 자기 안에 행운의 씨앗을 심는 일이다.

감사하는 마음을 가진 사람은 인생에 불행이 있거나,

어떠한 방해물을 만날지라도 내적인 기쁨이 떠나지 않는다.

비록 자신의 계획이 무산되는 일이 있더라도 감사하는

마음이 있다면 어딘가에 열려있을 새로운 문을 찾을 수

있다. 감사는 걱정, 불안, 두려움에 서 벗어날 수가 있다.

감사야말로 시련을 견디는 힘이자

내 안에 행운의 씨앗을 심는 일이다.

어려운 상황에 닥칠수록 감사할 일을 찾아 나서고 있다.

누구나 바라는 그 행복은 어디에서 오는가?

행복은 밖에서 오지 않는다.

행복은 우리 마음속에 자리 잡고 있다.

행복은 우리 마음속에서 우러나온다.

오늘 내가 겪는 불행이나 불운은

누구 때문이라고 절대로 생각하지 말라.

남을 원망하는 그 마음 자체가 곧 불행이다.

행복은 누가 만들어서 갖다 주는 것이 아니라

내가 스스로 느끼는 것이다.

행복은 조건이 아니다. 노력이 행복을 만든다.

현재 가진 것에 감사할 때 누구나 행복을 얻을 수 있다.

행복은 내가 스스로 만드는 것이다. ♣

낙관론자들이 더 건강하고 행복하다

신속하게 수정하고 결정하라

필요한 정보의 약 70%를 얻게 되면 필요 사항을 결정해야 한다. 90%까지 기다리면 결정이 늦어진다.

잘못된 결정을 빨리 인식하고 바로 잡아야 한다. 반면 결정이 느려지면 치러야 할 대가가 상당하다. "비즈니스는 속도가 생명입니다. 의사결정과 행동이 잘못되었다 하더라도 대부분은 나중에 되돌릴 수 있으니 지나치게 심사숙고할 필요 없습니다.

리더는 예측된 위험을 과감하게 받아들입니다."

답을 찾는 대신 질문을 찾아라.

리더는 모든 질문에 답해야 하고 모든 문제에 해결책을 제시해야 한다는 강박관념에서 벗어나야 한다.

리더는 질문에 답하기보다는 질문하는 것에 익숙해져야 한다. "나는 말을 해서 배운 것은 하나도 없다. 오로지 질문할 때에만 무언가를 배운다."

칭찬이 창의성을 꽃 피운다.

창의성은 지극히 민감한 꽃이다. 칭찬은 창의성을 꽃 피운다. 반대로 기를 꺾으면 창의성의 싹이 잘려나간다.

노력이 진심으로 인정받게 되면 누구나 더 좋은 아이디어를 더 많이 내놓는다. 창의적인 기업문화를 유지하기 위해서는 직원들에게 실패할 수 있는 권리를 주는 것이 가장 중요하다." 우리는 창의성을 갖고 태어납니다. 구성원의 창의성을 꽃피우게 하는 것, 리더의 중요한 의무 중 하나입니다. 일에 감사하면 행복감을 느끼고, 생산성도 높아진다. 감사하는 사람들이 그렇지 않은 사람들보다 목표 달성을 잘한다. 의식적으로 감사 연습을 하는 사람들에겐 목표의식과 성취욕이 생긴다.

감사하는 사람들은 소극적으로 가만히 있지 않고 의욕을 느껴 행동을 취한다. 일에 감사하면 행복감을 더 느끼고 생산성도 더 높아집니다. 지금 하는 일에 감사하면 미래에 더 비상할 수 있습니다. 자기 일에 감사해야 하는 이유는 자신이 알고 있는 것보다 사실 더 많습니다. 실수해도 혼나지 않는다는 확신을 심어주어라.

우리 대부분은 의견을 말하고 싶어도, 두려움에 이를 참는다. 아무도 거절당하거나 혼나는 걸 원하지 않는다. 누구도 총대를 메고 연단에 올라 속마음을 말하기를 원하지 않는다. 좋은 리더십의 확고한 증표는 최선을 다해 침묵하는 사람들의 의견을 듣는 것이다. 이를 위해 사람들에게 신변안전을 보장해줘야 한다.

최강 팀의 조건은 구성원들이 심리적 안정을 하는 것입니다. 누구나 말실수를 해도 전혀 질책을 받지 않을 거라는 확신을 만들어야 합니다. 그래야 마음속에 있는 진짜 생각을 말하게 됩니다. 회의에서 구성원 각자가 골고루 발언하는 팀이 성과를 창출한다는 조사 결과도 나와 있습니다.

낙관론자들이 더 건강하고 행복하다

일반적으로 비관론자보다 낙관론자들은 신체가 더 건강하고 심리적으로도 행복하다. 낙관론자는 목표 달성을 시작한 뒤, 상황이 어려워지더라도 계속해 나갈 가능성이 훨씬 크다. 이 모든 것이 오랜 시간 더해지면, 인생의 밝은 면을 보는 사람들이 개인적인 삶과 직업적 삶 모두에서 특히 큰 성공을 거둔다. 우리가 가능하다고, 또는 불가능하다고 믿는 것은 우리의 행동을 결정하고, 우리의 성공도 좌우하게 된다.

낙관과 긍정이 항상 좋은 것은 아니다.
'긍정적으로 구상하고, 비관적으로 계획하며, 낙관적으로 실행하라. 는 말도 함께 새겨봅니다. ♣

할 이야기를 해요. 사랑하고 있어요.

정다운 그대여

매서운 한파가 기승을 부리네요.
하루하루가 조금은 바쁘고
또 조금은 지루하고 피곤할 땐
기지개 한 번 좍 펴시고 새로운 하루를
즐겁게 시작하면 어떨까요.
일상을 재미있게 사는 것이
우리가 바라는 삶이라 생각합니다.

나는 방긋방긋 싱글싱글 활짝 웃으시면
좋은 일이 즐거운 일이 생길 거라 믿으며
움 추려 들지 말고 가슴 활짝 펴고
포근한 마음으로 멋진 말 한마디에
그대의 인격과 품위가 달라진다고 생각합니다.

어리석은 사람은 자기의 허물을
탓하지 않고 남의 허물만 탓하여 죄를 짓지만
인격을 갖추고 지혜가 있는 사람은
남의 허물에 관한 말을 듣고도 마음을
움직이지 않으며 남의 허물보다 자신의 허물을
먼저 부끄럽게 생각하고 신중히 판단한다.
여유로운 마음에 미소짓는 그대와 친구를 응원한다.
극심한 과로는 피하시고 건강을 챙기시면서
좋은 삶으로 행복하게 살아가야 합니다. ♣

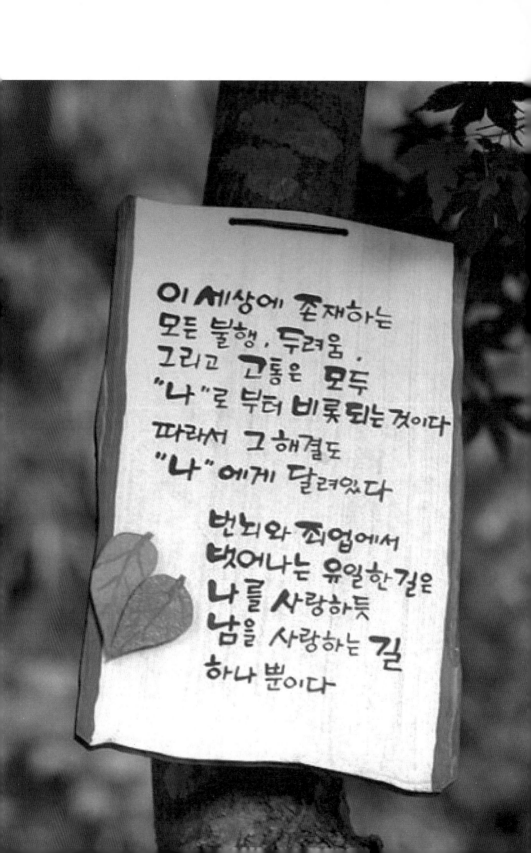

베푸는 사람이 좋은 삶을 산다.

베푸는 사람이 좋은 삶을 산다.
교만 하는 부자는 부자병에 걸려 있다. 부자병의
유일한 치료제는 다른 사람들에게 베푸는 삶이다.
잘 베푸는 사람들이 더 건강하고 더 행복하게 오래
산다. 섬기면서 사랑하고 잘 베푸는 사람들은 우선
정서적인 건강에 좋고 마음의 평안을
가져오는 데 도움을 준다.

우리가 어떤 일을 했느냐가 중요한 것이 아니고
공동 사회에서 함께 살아가는 사람들에게 얼마나
섬기면서 사랑하고 잘 베푸는 행동이 더 중요한
것이다. 크든 작든 섬기면서 사랑하고 잘 베푸는
행동들은 우리에게 성취감을 주고 더 큰 만족감을
안겨준다. 【 착한 행동과 봉사활동을 하면 기분이 좋아진다.
누군가를 돕는 것은 정신적, 신체적 건강에 도움이 된다.
남을 위한 삶이 곧 나를 위한 삶이 된다. 】
힘들다고 말을 하면 더 힘들어진다. 나도 사람이라서
힘들거나 괴로울 때가 있다. 나의 성격상 나는 힘들다고
말을 하지 않고 자제를 한다. 힘들다고 말을 하면 더
힘들어지기 때문이다. 인간은 본래 성공하도록 만들어졌다고
내 생각을 긍정적 사고로 바꾼다.
사람이 다른 동물들과 다른 점은, 자신이 이 세상에서

인생의 목적을 설정하고, 그것이 실현된 미래를
상상하며, 희망찬 미래를 향해 매일 매일 더 나아질 수
있도록 노력하는 데 있다. 소통을 잘하기 위해서는
작은 일에 대해 의사결정을 할 때는 예나 아니오,
하고 그 자리에서 명쾌하게 대답을 말한다.
하지만 큰일은 결정을 미룬다.

작은 일을 결정하면서 시간을 끌면 무능하다고 생각하고
큰일에 대해서 너무 빨리 결정을 하면 깊이 생각하지
못하다고 생각하기 때문이다. 타인을 통제하면
싫어하니 결국 사람을 잃는다. 사람을 너무
통제해서는 안 된다. 인간은 통제하면 평소보다
더 많은 실수를 저지른다. 일단 그의 신뢰를 잃고
다음으로 그의 능력을 잃는다. 연신 감시를 해봤자
얻는 것보다는 잃는 것이 더 많다.

통제하면 머슴이 된다.
믿고 맡기면 주인으로 거듭난다.
믿음이 사람을 키운다.
상사가 나를 믿고 있다는 느낌을 주는 힘은
실로 막대하다고 한다. 사람은 신뢰를 주면
더 큰 성과로 보답한다고 한다. ♣

문주란 꽃

당신의 환경은 어떠한가요

창작자들은 오랜 시간 사람과 함께 하면서
쉽고 빠르게 세상을 바꿀 수 있다고 한다.
감성 그대로 매력적인 다양한 환경에서
자연스럽게 어우러지는 매력을 선사하면서
세계적인 사랑을 받고 좋은 삶을 살아가고 있다.

유머

1. 도둑이 정문으로 들어가는 집은?

   교도소.

2. 여자는 왜 수염이 없나?

   화장할 때 불편하니까

3. 세월을 속이는 약은?

   머리 염색약

4. 가장 염체가 없는 도둑은?

   도난방지기 도둑.

5. 한국에만 있는 보너스의 이름은?

   김장 보너스.

6. 여자의 필요 없는 곳의 화장은?

   색안경 쓸 눈 화장.

7. 뒷걸음질 잘해야 이기는 경기는?

   줄다리기.

현재의 고난은 미래의 영광

꿈이 있으면 미래가 있고 인물은 길러지고 명가는
만들어진다. 고난 중에도 감사하는 마음으로 부정적인
마음을 버리고 즐겁고 담대하게 좋은 삶을 찾아서 살
아가야 한다. 긍정의 힘이 난관을 극복하게 하고 강인
한 인간으로 만들어주고 있다. 지원받지 못한다고 실
망하거나 원망하지 말라. 자신의 고난과 약점에 감사
하는
마음을 가지고 그 약점을 드러내어 자랑하라.

공동체 사회는 나의 능력을 보이는 무대가 된다.
나는 섬기는 마음으로 사랑을 하면서 긍정적인 삶
낙천적인 성격으로 어떤 일을 이루려고 최선의 노력을
다 한다. 실패는 성공의 어머니라는 말이 있듯이
실패에서 교훈을 얻어 성공하게 되면 실패에서
오는 고난은 사라지게 된다. 고난 중에도
감사하는 마음을 가지고 살아가면 승리하는 삶
성공적인 삶을 영위하게 되어 고난을 이야기하는
약점이 강점으로 쓰이는 축복을 누리게 된다.
날마다 좋은 삶을 찾으면서 살아가는 삶이
제일 좋은 삶이라고 아리스토텔레스는 말을 하였다.
나는 그의 말대로 최고로 좋은 삶을 찾아서
살려고 노력을 하면서 산다. 내 인생은 연습이 없는
딱 한 번뿐인 내 인생이기 때문에 절제되고 계획된
생활에 이 땅에서 열정으로 일을 하고

업적을 남기면서 알뜰하게 산다.
우리가 살아가는 삶은 우리의 뇌가 이끌어가니
뇌가 좋게 맑은 산소와 영양분을 공급하고
최선을 다하여 노화 진행을 지연시키면서 살아간다.
내 인생이 명품이 되게 가장 좋은 삶으로 알뜰하게
살아간다. 당당하고 멋있고 매력 있는 명품이 되어
위대한 사람이 되도록 노력한다. 아름다운 꽃이
서로를 향하여 아름답게 피어나듯이
사랑과 미소로 서로를 아름답게 가꾸어야 합니다.
사랑은 그리움이 하나씩 쌓여가는 것이며
쓸쓸한 외로움이 하나씩 없어지게 해야 합니다.

진실한 사랑은 서로를 향하는 미움이 마음속 파도에
부딪혀 하나씩 없어지게 해야 합니다. 아름다운 사랑은
하지 못하는 그리움이 내 마음속에서 피어나게 해야 합
니다. 나쁜 마음과 근심 걱정을 빨리 버리면 내 마음
이 즐거워지고 또 힘들고 삭막한 삶의 속에서도 당신
과 나는 마시는 차 한 잔에 인생의 꿀물이 흐릅니다.
그러니 평화 속에서 미소 짓고 사랑하면서 소중한 우
리의 삶에 기쁨을 채워주고 행복하게 잘 살게 도와주
는 당신과 나는 인생을 아름답게 가꾸어가는 주인공이
니 연애할 때처럼 가슴을 열어 오순도순 대화도 잘 나
누면서 귀를 열어 잘 들어주면 오늘과 내일을 복되게
하는 지름길이 되므로 항상 현재의 고난은 미래에 영광
이 되게 좋은 생각과 좋은 삶으로 미소 짓고 즐겁게
살아간다. ♣

성난 파도라도 아름답게 보일 수 있다

바쁘게 살아가는 현대인들의 잘못 한 일은
모르면서 배우고 있지 않은 것이요
할 수 있는 일을 하지 않고 있으면서
알면서 가르치지 않은 것이요.
세상에 배우고 가르치는 일처럼
중요한 일은 없다.

좋은 삶을 찾아서 살아요.

사람은 공동체 사회에서 살아간다.
살아가면서 사랑을 하고 화를 내기도 하고 싸우기도 한다.
자고 지나고 나면 그 화란 모두 나를 불태운 것이고
상대를 불태운 것이고, 또한 같이 있었던 사람들을 불
태웠던 것임을 안다. 인간은 죽으면 흙으로 돌아가 묘지 속
에 묻힐 수도 있고, 이름 없는 곳에 버려질 수도 있으며
재가 되기도 한다. 천당이니 극락이니 그런 것은
인간이 살아있는 동안에 종교나 관념 속에
존재할 뿐이다. 신(神)이 인간을 만들었다고 하지만
그 신을 만든 것은 사람이다.

인간은 본래 너무 나약해서 의지할 신(神)과 종교를
만들어 놓고, 스스로 그 범주 속에 갇혀서 살게 된 것이다.
즉 사람은 인간(人間)으로 시작되어 인간(人間)으로 끝
나는 것이다. 인생은 초대 안 했어도 저세상에서 이 세
상에 찾아서 왔고, 허락하지 아니했어도 우리 또한
찾아온 것과 마찬가지로 이 세상으로부터 떠나간다.
그것이 그 누구도 거역할 수 없는 자연의 섭리인데
거기에 어떤 탄식이 있을 수 있겠는가?
살아있는 동안에 좋은 삶을 찾아서 서로 섬기고
사랑하면서 즐겁고 행복한 생활을 하여야 한다. ♣

식사 중이신 다람쥐

* 말은 착하고 부드럽게 하라.
  악기를 치면 아름다운 소리가 나오듯이
  그렇게 하면 몸에 시비가 붙지 않고
  세상을 편안히 살다 가리라. 법구경

유머

1. 사과 반쪽과 가장 닮은 것은?
   나머지 사과 반쪽.

2. 한번 웃으면 영원히 웃는 것은?
   사진.

3. 세계에서 제일 키 큰 사람은 몇 사람?
   그 사람 하나

4. 미친 사람을 환영하는 곳은?
   정신병원.

5. 가장 게으른 사람이 죽은 이유는?
   숨쉬기 싫어서.

6. 깨뜨리고 칭찬받는 것은?
   신기록

7. 병아리가 열심히 찾는 약은?
   삐 약

끝이 없는 연습이 천재를 만든다.

밤 11시 비바람이 몰아치는 깜깜한 스탠포드[u.s. stanford university]교정 골프 연습장에서 쉬지 않고 혼자 공을 치는 학생을 보았다. 실컷 놀고 네 시간이 지난 새벽 3시 아직도 그 자리에서 계속 연습을 하고 있었다. **비 오는 데 새벽까지 공을 치느냐는 질문에 그 학생이 답했다.**
"노던 캘리포니아에 비가 자주 오지 않잖아.
우중 경기도 연습해야 하는데
이때 아니면 언제 하겠어?"
- 데이먼 던 (프로 미식축구 선수, 부동산 개발 회사 사장)
그 학생이 바로 타이거 우즈입니다.

타이거 우즈의 타고난 천재성에 이 같은 남다른 특별한 노력이 합쳐져서 불세출의 위대한 골프 선수가 탄생한 것입니다. **끝없는 연습이 재능을 이깁니다.**
할 수 있다고 생각하면 기적이 일어난다.
스스로 "넌 틀렸어, 이제 끝났어."라고 말하고 자괴감을 가지면, 자신이 가진 능력을 30%도 채 발휘할 수 없겠지요. 그러나 할 수 있다고 생각하면 방법을 찾고 될 때까지 노력하게 됩니다. 당연히 결과도 좋게 됩니다. 할 수 없다고 생각하면 미리 포기하고 노력도 하지 않습니다. **생각이 결과를 만듭니다.** ♣

인간관계는 소통이 중요하다.

소통을 멈추고 있지 말라. **인간관계는 소통이 중요하다.**
소통은 세월 따라 강물처럼 흘러가야 한다. 말을 하고
또 말을 하라. 말을 자주 하라. 커뮤니케이션이 가장
중요하다. **성공한 사람과 인기인은 말을 많이 하며**
커뮤니케이션도 잘한다. 말을 자주 해서 아무도 듣고
싶어 하지 않을 수 있다. 그러나 소통을 멈추면 안 된다.
대화의 기술은 성공을 향해 비상하게 하는 날개이다.

인간이란 사회적 동물이다.
따라서 홀로 살아갈 수 없으며
어떠한 위대한 업적도 스승이나 제자, 선배나
후배의 도움 없이 이루어질 수 없다.
성공은 인간관계에 의해 좌우된다고 한다.

인간관계에서 대화는 무엇보다 중요하며
대화의 능숙한 기술은 당신을 성공하게 하는
날개 역할을 한다. 사회적으로 성공한 사람들은
대화를 중요시하였다. 우리 속담에 말 한마디로
천 냥 빚을 갚는다는 말이 있다.

이것은 말 한마디가 얼마나
중요한가를 단 적으로 보여주고 있다.

매일 가슴을 설레게 할 비전, 그리고 잘하고 있다는 칭찬은 오버(over communication)하면 할수록 좋은 것이다. **낙천주의가 챔피언을 만든다. 챔피언들이 가지고 있는 첫 번째 중요한 특징은 낙천주의다. 긍정적인 마음가짐은 바람처럼 널리 퍼져간다.**

낙천주의자들은 연구 결과에 의하면 놀랍도록 비관주의자 들에 비교하면 더 어려운 목표들을 세우며 그 목표들을 달성하기 위해 더 노력을 기울이고, 어려움에 직면해서도 그 목표들에 더 집중하며 각종 장애물도 쉽게 극복한다. 고 한다. **돈만 생각하거나 보상을 바란다면 창의력이 떨어지고 우울감과 불행감이 높아진다.**

인간은 공동 사회에서 미소 짓고 섬기면서 사랑을 하고 소통을 자주 해야 한다. 사람이 사람에게 성공과 실패도 하게 하니 공동 사회에서 정보를 서로 나누면서 사람과 함께 즐겁게 좋은 삶을 찾아서 살아가야 한다. ♣

★ 철학가처럼 사색하고 농부처럼 일하여라.
   이것이 이상적 인간이다.
   철학자의 지혜와 농부의 근면을 배우자.
   근면은 발전의 원동력이요.
   나태는 쇠망의 요인이다.

유머

1. 얼굴이 못생긴 여자가 가장 좋아하는 말?

   마음이 고와야 여자지

 2. 자기 전에 꼭 해야 할 일은?

    우선 두 눈을 감는 일.

 3. 장남이라는 이유로 결혼을 거절당한

    총각의 기도 내용은?

    하나님, 그 처녀는 시집가면

    반드시 차남부터 낳게 하여 주소서

4. 어떤 이름

개척교회 시절 어떤 목사님의 이야기다.
교회재정이 어렵다 보니 헌금에 당연히
관심이 쏠리던 시절 어떤 분이 헌금 봉투에
백 만원이라고 적었다.
그래서 어떤 분이
개척교회에 백 만원이나 헌금하셨구나
하고 보았는데 백 만원은 없었다.

그분의 성함은 성이 "백"이고 이름이 "만원" 이었다.
더 심한 성은 "천"이었다.
이분은 "천" "만원"이 되기 때문입니다.

부모된 사람들의
가장 큰 어리석음은
자식을 자랑거리로
만들고자 함이다

부모된 사람들의
가장 큰 지혜로움은
자신들의 삶이
자식들의 자랑거리가
되게하는 것이다

미국 17대 대통령 앤드 류 존슨의 답변

미국의 17대 대통령인 앤드 류 존슨은
이러한 긍정의 힘을 발휘했던 대표적인 사람이다.

그는 세 살에 아버지를 여의고
몹시 가난하여 학교 문턱에도 가보지 못했다.
하지만 그는 열 살에 양복점에 들어가
성실하게 일했고 돈을 벌고 결혼 후에야
읽고 쓰는 법을 배우게 되었다.

이후에 존슨은 정치에 뛰어들어 주지사
상원의원이 된 후에 16대 미 대통령 링컨을
보좌하는 부통령이 된다.
그리고 링컨 대통령이 암살된 후
대통령 후보에 출마하지마는
상대편으로부터 맹렬한 비판을 당한다.
<> 한나라를 이끌어가는 대통령이
초등학교도 나오지 못하다니 말이 됩니까?

그러자 존슨은 언제나 침착하게 대답을 하였다.
그리고 이 한마디로 승리를 하였다.
*** 여러분, 저는 지금까지 예수 그리스도가
초등학교를 졸업했다는 말을 들어본 적이 없습니다. ♣

행복하게 사는 비결

사람이 행복하게 살려면 상대방의 의견을
잘 들어주는 태도가 서로를 행복하게 사는 비결이다.
우리는 예로부터 침묵은 금이다. 하면서 침묵을 좋아
했고, 과묵하면 무조건 점잖은 걸로 여겨왔다. 그러나
실제로 사람이 입을 다물고 있으면 답답하기 그지없다.
식탁에서도 그렇고 모임에서도 말이 잘 오가야 한다.
대화의 단절은 서로를 망하게 하는 것이고
따뜻한 대화는 서로를 가깝게 하는 것이다.

마음을 닫고 있는 사람일수록 속을 읽을 수 없다.
부부간에 마음을 꽉 닫아놓는다면 그것처럼 괴로운
일은 없다. 행복하게 살려면 사랑하는 사람끼리 함께
하는 계획을 세워서 살아가야 합니다.
남편의 계획과 아내의 계획이 다르면
금실은 깨지고 좋은 삶을 살아갈 수가 없다.

서로가 연애할 적에는 이야기도 잘 들어주고
오순도순 대화도 잘 나누며 마음도 터놓고
함께 재미있는 계획을 더불어 즐기다가
결혼 후 세월이 지나면 서로가 마음의 문을 닫게 되고
바로 이때 불행이 찾아온다는 것이다.
이 사회의 불안이나 가정을 병들게 하는
현대인의 고민은 서로의 마음을 닫는 데 있다.

솔직하게 서로의 가슴을 여는 대화가
오늘을 복되게 하는 지름길이다.

<u>스스로</u> 행복하지 않으면 아무도 도울 수 없다.
행복은 부지런히 노력하고 연습해야 얻을 수 있는 열
매이다. 가는 길은 만 갈래지만 방법은 하나랍니다. 행
복은 습관이다. 아는 길이 편하고 가던 길을 또 가듯
이 살아가는 동안 몸과 마음에 배 이는 향기입니다.

오늘 당신이 만나는 사람에게 웃음을 활짝 지어도 손
해 볼 것은 없다. 고맙다고 말해도 손해 볼 것은 없다.
칭찬해도 손해 볼 것은 없다. 함께 일하는 것이 즐겁
다고 말해도 손해 볼 것은 없다. 그렇게 말하면 그 말
이 당신에게 두 배로 메아리가 되어서 돌아오기 때문
이다. 오늘 당신이 오늘 나가는 일터와 하는 일에 대
해서 "감사한 마음"을 가지면 행복의 씨앗이 된다.

그 감사하는 마음이 일과 일터로부터 당신을 더 높은
곳으로 인도하기 때문이다. 늘 당신과 한솥밥을 먹는
가족에게도 사랑으로 따뜻한 웃음을 보여야 한다.
그 따뜻한 웃음과 따뜻한 말이 바로 행복의 문을 여는
비결이기 때문이다. 오늘을 웃음으로 시작하고 감사하
는 당신이 행복의 주인공이 될 수가 있다.

가장 소중한 사람이 있다는 건 "행복" 이다.
나의 빈자리가 당신으로 채워지길 기도하는 것은
"아름다움" 입니다. 다른 사람이 아닌

당신을 기다리는 것은 "즐거움"입니다.
라일락의 향기와 같은 당신의
향을 찾는 것은 "그리움"입니다.
마음속 깊이 당신을 그리는 것은 "간절함"입니다.
바라볼수록 당신이 더 생각나는 것은 "설레 임"입니다.
사랑한다는 말 한마디 보다
말하지 않아 더 빛나는 것이 "믿음"입니다.

아무런 말하지 않아도 당신과 함께 있고 싶은 것이
"편안함"입니다. 자신보다 당신을 더 이해하고 싶은 것
이 "배려"입니다. 차가운 겨울이 와도 춥지 않은 것은
당신의 "따뜻함"입니다. 카나리아 같은 목소리로 당신
이름 부르고 싶은 것이 "보고 싶은 마음" 입니다.
타인이 아닌 내가 당신 곁에 자리하고 싶은 것은
"희망"이다. 파란 하늘처럼 당신과
하나가 되고 싶음은 "존경"입니다.

하얀 종이 위에 쓰고 싶은 글은 "사랑"입니다.
수많은 사람 중에서 같은 시대에 태어나서
당신과 만나서 함께 살아가는 것도 기적입니다.
공동 사회에서 행복하게 살아가기 위해서는
좋은 삶을 찾아서 공부하고 업적을 남기면서
함께 살아가야 합니다.
인간은 좋은 삶을 살아가야만 합니다. ♣

미국 주택

내 이름 부르지 마

하루는 과거 결핵을 앓으셨던 할아버님이 한 분 찾아오셨다. 그리곤 나지막이 말을 한다. 나 저기서 기다릴 테니까. 이따가 내 차례가 되면 알려줘요. 내 이름 부르지 말고. 예. 알았습니다." 하고 혹시나 접수증을 봤더니 존함이 글쎄 **'황천길'** 임이셨다.

이미 많이 겪어보신 듯 할아버지께서 미리 챙기신 것이다. 천길(天吉) 이라는 너무나 좋은 이름을 가지고 계셨지만 그게 성(姓)과 어울리지 않은 탓에 오랜 세월 불편하셨을 거라는 생각이 들었다. 할아버지는 다행히 흉부 X레이 가래검사 결과 결핵이 재발하지 않으셨고 상당히 건강하셨다. 돌아가시는 할아버지께 "건강하세요. 라며 만수무강을 원하고 할아버지도 웃으시면서 "수고들 해요, 또 봅시다. 라며 즐거운 마음으로 돌아섰다.

그 후 보름쯤 지났을까.

황 할아버지보다 더 '심각한' 할머니 한 분이 찾아오셨다.

할머니 존함은 '나 죽자' 임이셨다.

우리는 이미 눈빛으로 '조심'을 약속했다.

할머니 차례가 돼서 슬쩍 봤더니 어디로 가셨는지 안 보인다. 그렇다고 소리 내어 "나 죽자 하고 외쳐 부를 수도 없는 노릇. 저만치 앉아 계신 환자분들 사이사이를 한참 훑어보던 막내 송 간호사가 고개를 숙인 채 오수를 하시는 할머니를 포착했다.

송 간호사의 손짓을 본 김 간호사가
곤히 주무시는 할머니 곁으로 조심스레 다가갔다.
" 저기 할머니…"하며 흔들어 깨우는 순간 수간호사
선생님이 막 뛰어오며 다급하게 외쳤다.

" 김 선생, 203호 '**나 죽자**' 환자분 퇴원 수속 안 됐다
며 막 화를 내고 찾으시는데 어떻게 된 거야?"

수간호사 선생님의 질문에 김 간호사가 엉겁결에
" 네?"라고 놀라며 그쪽으로 고개를 돌리는 순간
화들짝 잠에서 깨신 할머니가 몸을 일으켜서 서 있다.

" 응. 나여. 내가 나 죽자 여. 나 죽자 맞아 "
  소리가 의외로 무척 컸다.

그 성함 '나OO'때문에 주변 상황은 수습하기 어렵게
돼버렸다. 사람들이 소리죽여 푸크크크, 하하하!
히히덕…. " 앗차차차… 이를 어쩐다…. 에궁…."

" 할머니 이쪽에요."눈치 빠른 송 간호사가
얼른 할머니를 모시고 진료실로 들어갔지만 이미
뜨악한 지경에 맞닥뜨린 우린 모두 웃을 수도 웃지
않을 수도 없이 서로의 얼굴만 바라봤다.
 잠시 후 진료실에서 나오신 할머니

" 이제 늙었응께 빨리 죽어야 하는디
무신 명줄이 이렇게 길어?" 하신다.
" 무슨 말씀이세요? 건강하게 오래 사셔야죠."
우리는 지은 죄(?)가 있어서 약속이나
한 듯 합창처럼 말했다.

죄송한 마음에 막내 송 간호사가 직접 모시고
가서 처방전 찾아 드리고, 약국 따라가서
약 받아드리고 택시까지 잡아드렸다.

두 분 이름 석 지, 그 반대로 황 장수(長壽)님,
나 장수(長壽)님의 마음으로 항상 건강하시고
오래오래 사시길 원한다. ♣

<P.S>
간호사 7년 차, 환자분들 앞에서는
늘 허리 숙여 모시는 걸 생명처럼 여기지만
'난이도'가 참으로 높은 어르신들의 성함 앞에서는
우리 간호사들도 곤혹스럽다.

나는 장미를 위해 한 일이 없는데도

아름다움을 보여주는 장미

★ 인생의 목적은 무엇인가?

인생의 목적은 이기는 것이 아니다.

인생의 목적은 성장하고 나누는 것이다.

아 !! 나도 그때 해 볼걸.

현대인들은 몹시 바쁘게 살아가지마는 대인관계를
자신에게 유리하게 전개하여 성공과 행복하기 위해서는
상대방의 마음을 읽는 기술과 상대방이 무엇을 하려고
하는가를 아는 것이 중요하다. 상대방의 행동과 표정을
보면서 눈길을 포개어 마음을 읽고 * 상대방의 마음속
에서 움트고 있는 것이 무엇인지 알아내고 * 곧장 무엇
을 행동으로 나타내려고 하는가를 알고 있어야 하고

상대방이 지금 하려는 목적이 무엇인가를 주시하여
* 상대방의 목소리 * 옷차림 * 얼굴의 생김새 *표정
* 몸짓 * 감정의 변화 * 심리 상태를 알면 대인관계는
부드러워지고 내가 살아가는 데 도움이 된다.
일의 성패는 사람을 만남으로 이루어지는데 만남은
좋은 일이 벌어지기도 하고 실패하기도 하는데 그
이유를 조사 분석과 선택을 하고 결정을 해야 한다.

협조성과 지도력이 풍부한 사람 * 항상 적극적이며
전진적인 자세로 일할 수 있는 사람 * 창조력이 몸에
밴 사람 * 지성을 지니고 항상 성실하게 노력하고 실
천력이 풍부한 사람 * 투자와 독창력이 넘치며 조직에
충실한 사람 * 연구 욕이 왕성하고 사상이 건전하며
명랑한 성격의 사람 * 자주성이 풍부하며 진취적으로

일을 처리하는 사람 * 이상은 모든 업종의 인재의
조건이니 관심 가지고 나도 이에 부합되도록 노력을 한다.
이 세상의 수십억의 수많은 사람 중에서 당신과 내가
만나는 인연은 기적이 아니라고 볼 수가 없으니 서로
소중하게 여기고 섬기면서 사랑을 합니다. 그뿐만
아니라 인생은 연습도 없는 한 번으로 살아가는 짧은
인생이니 최상의 좋은 삶을 찾아서 다 함께 서로
도우면서 즐겁게 살아가고 있다.

사람이 살아가면서 사람들이 후회하는 말이
【아 !! ~ 나도 그때 해 볼걸】이라고 한다.
사랑하는 당신과 나 사이에는 지금 인생의 꿀물이
흐릅니다. 내가 좋아서 선택한 당신이 흘러가는
세월을 따라가면서 늙어간다고 생각하면 마음이
서글퍼지는데 또 한 편으로는 세련되게 익어 간다고
생각하면서 사랑을 합니다.

요리를 맛있게 잘하는 사랑하는 당신은 나와 함께
세상을 아름답게 가꾸어가는 자랑스러운 주인공이지요.
나는 항상 기뻐하고 감사하면서 평화 속에서
좋은 삶으로 미소 짓고 업적을 남기면서 살아간다.
내 몸은 행복을 만드는 공장이니 무엇보다도 건강이
1순위이지요. 내 몸이 고장이 나면 내 행복 공장도
멈추어지기 때문에 좋은 음악을 듣고 숲속에서 관찰력을
높이면서 걷기 운동을 한다.

헌신이 필요로 하는 공동체 사회에서 사람들을 섬기면서
사랑하고 언제나 좋은 생각으로 교제를 하면서 남의 말을
경청하고 유머로 대화를 하면서 약속 이행을 한다.
나이는 숫자로 눈처럼 쌓이는데 내 청춘은 언제 온다는
기약도 없이 무정한 세월과 함께 강물처럼 조용히
흘러가도 나는 어찌할 수가 없네요.

이 외로운 마음은 누구의 선물일까요? 이 세상에서
수많은 사람 중에 나에게 언제나 아름다운 미소로
부드럽게 말을 하는 나의 아내는 나에게 영원하리라.
그 무엇보다도 후회 없는 삶을 살아가기 위하여 산책을
하면서 좋은 삶을 찾다가 사랑하는 아내와 함께 주말농장을
마련하기 위해 밭을 어렵게 구했다.

건강관리도 하면서 밭을 오가면서 열무 배추 상추 씨앗과
호미와 삽을 구하여 아내에게 호미를 주었는데 아내는 호
미를 보고는 좋아하면서 채소 심으러 밭에 가자고 하네요.
이마에 구슬땀을 흘리면서 땅을 파고 씨앗을 함께 심었
다. 그런데 며칠이 지나고 밭에 가서 보았더니 새싹이 땅
속에서 벌써 나와서 나를 즐겁게 하는데 반가워서 미소로
고맙다고 인사를 하였다. 컨테이너를 구하여 밭에다 놓았다.
아내는 아름답고 풍요로운 농촌 자연환경에서 그토록 갖고

싶은 별장이 되었다고 아주 좋아하면서
창작활동을 하겠다고 다짐을 한다.
우리는 좋아하는 꽃과 나무를 별장 옆에다 심고 나서
보면서 아름답게 가꾸었다. 부부는 좋아한 것을 하나씩
해주고 서로를 섬기고 사랑하면서 하나가 될 때
더 가깝고 아름다워져요. 그대는 사랑하는 내 아내이니
사랑하면서 다양한 채소를 심고 가꾸어가면서 노래도
부른 답니다. 근심 걱정과 미움이 생기면 미련 없이
산들바람에 날려 보내고 좋은 삶으로 즐겁게 살아요.

밭에서 자라나는 채소는 주인의 발소리를 듣고
자란다는 농민의 말을 웃으면서 듣고는 자주 밭을
왕래면서 풀을 뽑아주고 성장하는 과정을 보고는
흐뭇하고 즐거웠다. 그런데 채소가 어느 정도 자라면
벌레들이 나와서 아까운 채소를 주인의 허락도 없이
마구 먹고 있었는데 그냥 그렇게 먹게 놔둘 수가 없었다.
벌레를 모두 잡자고 농약을 하자니 잔류 농약을 우리가 먹게
되어 농약도 할 수도 없었는데 이 일을 어찌해야 좋을까요?
그래서 하는 수 없이 눈으로 보아 벌레가 발견되면
우리 손으로 즉시 잡았지만 그래도 우리의 눈을 피해
잡지 못한 벌레가 채소를 갉아 먹은 잎이 먹은 상태로
남아 있는데 웬일일까요?
다행스럽게도 그 잎은 우리가 채소에
농약을 안 했다는 인정서가 되었으니
세상에 이런 일이 있다니 이 또한 얼마나 다행스러운 일인가요?

농작물은 다행히 심은 대로 우리에게 수많은 기쁨을 주었다.
우리는 항상 기뻐하고 감사한 마음으로
일하면서 땀을 흘리니 몸이 가벼워서 아주 좋았다.
인간으로 태어나서 여기까지 살아왔지만
무엇을 남길 것인가 고민을 하면서 생각하다가
나는 두 번째 시집을 이미 출간하였기 때문에
글을 쓰는 일이 좋다고 생각이 되어 수필을 쓰고 있다.

살아가면서 삶이 힘들어 스트레스가 쌓이면
내 수행의 계기로 삼고 지인들과 소풍 가서
조용히 명상하면서 사랑의 기도를 드린다.
어쩌다가 스트레스가 없는 날이면
오늘은 좋은 날이구나 생각하고 살아가지만
인생사 새옹지마라 아니하였던가? ♧

● 운동은 매일 30분 정도
  걷기, 달리기, 자전거 타기, 수영 등 유산소 운동을
  하는 것이 좋으며 저항성 운동을 함께 하면 인슐린
  민감성을 개선 시켜 혈당조절에 도움을 준다.
  최소 자기 체중의 5% 감량하면 간 수치 호전,
  10% 줄이면 지방간 개선 시킬 수 있다.

사계절 푸른 소나무

받는 기쁨은 짧고 주는 기쁨은 길다. 늘 기쁘게 사는 사람은
주는 기쁨을 가진 사람이다. 어떤 이는 가난과 싸우며 어떤
이는 재물과 싸운다. 가난과 싸워 이기는 사람은 많으나
재물과 싸워 이기는 사람은 적다. 항상 기뻐하고 감사하라

유머

1. 갓난아기는 울어도 눈물이 없는 까닭?
   아직 세상 물정 몰라서

2. 사람의 발바닥 가죽이 두꺼운 까닭?
   인생은 가시밭길

3. 여자의 가장 큰 낭비는?
   예쁜 여자가 화상하는 것

4. 노처녀가 가장 억울한 때는?
   과부가 될 팔자라는 점쟁이 말

.5. 진짜 깨끗한 친구?
   목욕탕에서 등 밀어주는 친구.

6. 갑돌이와 갑순이가 결혼하지 못한 이유는?
   동성동본이니까

7. 눈코 뜰 새 없이 바쁠 때는?
   잠을 잘 때 ♣

안전하다고 하는 순간이 위험하다.

[안전하다고 생각되는 순간이 위험하고
위험하다고 생각하는 순간이 안전하다] 는 말처럼
불의의 재난이나 커다란 실패는 우리가 마음을 놓고
있을 때 느닷없이 다가오는 법이다.
【 논에서 미꾸라지를 키울 때 한쪽에는 미꾸라지만
키우고, 다른 쪽에는 미꾸라지 속에 메기를
한 마리 넣어서 키웠는데, 가을이 돼 수확을 해보니
미꾸라지만 키운 쪽은 미꾸라지들이 시들시들
힘도 없고 크기도 작은데, 메기랑 같이 키운 쪽은
살이 통통했다. **메기가 잡아먹으러 다니니까**
항상 긴장하고 계속 움직여야만 했고, 많이 먹고
튼튼해진 것이다. 메기보다 빨라야 살아남지 않겠는가.
건전한 위기의식을 항상 가지라는 뜻으로 이해하고 있다. 】

성공하는 사람들은 다음 네 가지
사랑을 실천하는 사람들이다.
첫째, **사람**을 사랑해야 하고,
둘째, **가정**을 사랑해야 한다.
셋째, **나라**와 이웃을 사랑해야 하며,
넷째 **일**을 사랑해야 한다.
다섯째 **나**를 진심으로 사랑하는 사람들입니다.

자신을 진정으로 사랑할 줄 아는 사람들만이
가족과 이웃과 나라에 대한 사랑을 실천할 수 있다.
인생을 사랑한다면, 시간을 낭비하지 말라 그대는

인생을 사랑하는가? 그렇다면 시간을 낭비하지 말라.
시간은 인생을 구성한 재료니까. 똑같이 출발하였는데
세월이 지난 뒤에 보면 어떤 사람은 뛰어나고 어떤
사람은 낙오자가 되어 있다. 이 두 사람의 거리는
좀처럼 접근할 수 없는 것이 되어 버렸다.
이것은 하루하루 주어진 시간을 잘 이용 하였는지
이용하지 않고 세월을 보냈는지에 달려 있다.

[저보다 나이 많은 사람을 만나면, 오랜 세월 습득한
장점이 저보다 많으리라 생각합니다. 어린 사람을
만나면, 저보다 더 적게 죄를 지었으리라 생각합니다.
더 부유한 사람을 만나면 저보다 더 많이
베풀었으리라 생각하고, 더 가난한 사람을 만나면
그의 영혼이 더 겸손하리라 생각합니다.] ♣

청 단 풍

아내여 남편에게 순종하라

자기 남편에게 복종하기를 자식이 부모께 하듯 하라.
여자들은 자신이 남편보다 지혜롭다고 생각하는
경우가 많다. 그런데 그것이 바로 마귀가 준 생각이다.
자기 남편을 무시하는 여자치고 행복하거나 잘되는
여자는 있을 수 없다. 남자는 어리석어 보여도 일생을
통해서 성장한다. 그러므로 남편을 높이고 순종할 때
남편도 계속 성숙 되고 행복한 가정을 이루게 된다.
그러면 남편들은 어떻게 해야 하나? 남편들아, 아내
사랑하기를 부모가 자식 사랑하듯 하라.

서로를 배려하지 않고는
결단코 행복(幸福)한 인생이 될 수가 없다.
노년이 되어도 다투는 문제는 대부분 상대가
원 하는 것이 무엇인지를 알지 못하는데 기인하고 있다.
행복한 부부는 서로가 사랑하고 불행한 부부는 서로를
공격하고 무시하며. 이기심과 무관심이 가정의 행복을
빼앗아 간단다. 승자와 패자는 생각이 아닌 실행에서
갈린다. 미련한 자는 자기의 경험을 통해서만 알려고
하고 지혜로운 자는 남의 경험도 자기의 경험으로
여긴다. 참된 행복은 사람을 통해서 느끼게 하고
있다. 내가 성공하는 것도 사람을 통해서 하고 있다.
사람은 서로 한 몸, 즉 공동체 사회이다. ♣

사랑하는 딸아

네가 남편을 왕처럼 섬긴다면
너는 여왕이 될 것이다.
만약 남편을 돈이나 벌어오는
하인으로 여긴다면
너도 하녀가 될 뿐이다.

부부가 상대방의 마음을 읽어주고
자존감을 높여줄 때 행복한 가정이 된다.
우리가 섬기고 사랑을 하면서 상대의 심정을 알고
상대의 마음을 기쁘게 해드리는 기도를 해야 한다.

타인의 마음을 얻는 방법, 타인의 마음을 이해하는
일에는 요령이 있다. 누구를 대하든 자신이 먼저
스스로 아랫사람이 되는 것이다. 그러면 저절로
내가 먼저 겸손해지고, 이로써 상대에게 좋은 인상을
안겨준다. 그러면 상대는 마음을 열고 대화를 나눈다.

고대의 가장 위대한 신학자로 꼽히는
아우구스티누스(354~430)가 "네가 신을 파악하지
못한다는 것이 뭐 그리 놀라운 일인가? 만일 네가
그분을 파악한다면, 그분은 신이 아니다"라고
교훈한 것이 바로 그래서다. ♧

진짜 믿음

어떤 사람이 교회에 기도하러 들어갔다.

누군가 기도하고 있었다.

하나님 아버지 100달러만 주세요.

100달러만 주세요. 하고 말이다.

그래서 이 사람이 지갑에서 100달러를 꺼내서

기도하던 사람에게 주었다.

기도하던 사람이 "할렐루야"를 외치며 나갔다.

그리고 이 사람이 의자에 앉았다.

조용히 두 손을 모으고 기도했다.

"하나님 이제 제 기도에만 집중해 주십시오.

아담

아담은 한국민족은 아닙니다.

어떤 분이 아담이 어느 민족이었는지

아십니까? 라고 물었습니다. 글쎄요. 잘은 모르지만

선악과를 먹고 하나님의 명령을 어긴 것으로 보아

한국 사람은 분명히 아닙니다. 왜요. 한국 사람 같으면

선악과를 먹지 않고 뱀을 잡아먹었을 것입니다. ♣

유머

1. 도둑이 정문으로 들어가는 집은?
   <u>교도소.</u>

2. 여자는 왜 수염이 없나?
   화장할 때 불편하니까

3. 세월을 속이는 약은?
   머리 염색약

4. 가장 염 체 없는 도둑은?
   도난방지기 도둑.

5. 한국에만 있는 보너스의 이름은?
   김장 보너스.

6. 여자의 필요 없는 곳의 화장은?
   색안경 쓸 눈 화장.

7. 뒷걸음질 잘해야 이기는 경기는?
   줄다리기.

8. 사과 반쪽과 가장 닮은 것은?
   나머지 사과 반쪽. ♣

행복은 세상을 바라보는 긍정적인 틀이다

긍정적인 생각 없이 우리는 어느 한순간도 행복할 수 없다.
사람들은 언제나 행복을 하기를 바라지만, 많은 것을
가지고 있으면서도 행복하지 못한 사람이 있는가 하면
아무것도 가지고 있지 안 지만 행복한 사람들이 있다.
중요한 것은 긍정적인 태도를 하지 않고서는
밝음을 선택하지 않고서는 결코 행복하거나
웃을 수 없다는 것이다. ♧

★ 인생은 백 년도 살지 못한다.
그런데도 천년이라도 사는 사람처럼
걱정을 안고 살아가고 있다. 낮은 짧아 아쉽고
아무것도 하지 못하는 밤이 길어 괴롭다면
왜 촛불을 밝히고 밤에도 놀지 않는가?

근심 걱정은 바람에 날려 보내고 인생은 즐기는 것을
할 수 있을 때 즐겁게 하면서 좋은 삶을 살아가야 한다.
어째서 내년을 기다리고 있겠는가? 어리석은 자는
노는데 드는 비용을 아껴 돈을 모을 뿐이고
죽어서는 오직 후세 사람들의 비웃음을 살 뿐이다.

순간적인 삶을 아껴 즐거움을 다하면서 살아가야 하지
않겠는가? 앞으로의 삶은 더 긍정적으로 정을 나누면
서 즐겁게 오순도순 함께 살아가야 하겠습니다. ♧

팔 각 정

유머 개와 변호사

변호사의 집에서 기르는 개가 동네 정육점에 난입하여

쇠고기 한 덩어리를 물고 달아났다.

정육점 주인은 변호사의 집으로 찾아갔다.

만약에 어떤 개가 정육점에서 고기를 훔쳐 갔다면

그 개 주인에게 돈을 요구할 수 있는 거요?

물론이죠.

그렇다면 만원 내슈.

------댁의 개가 우리 가게에 와서 고기를 훔쳐 갔수.

변호사는 말없이 정육점 주인에게 돈을 내줬다.

며칠 후 정육점 주인은 변호사로부터

한 통의 편지를 받게 되었는데,

그 안에는 청구서가 들어 있었다.

----------변호사 상담료 : 10만원'

어떻게 좋은 삶을 살아갈 수 있을까.

어떻게 좋은 삶을 찾아서 좋은 삶을 살아갈 수 있을까?
스트레스의 천적은 웃음이다. 나는 웃음으로 나를 치유
한다. 웃음은 인간의 삶에 영향을 미치고 인간관계의
친밀한 관계를 나타낸다. 잘 생기셨네요.
똑똑하시네요. 친절하시네요. 하는 말은 상대방을
기쁘게 하고 삶을 즐겁게 한다. 사람은 누구나 인정받
고 싶은 욕망이 있는데 나를 존중하고 인정해 주는 사
람 내가 인정하고 사랑하는 사람들과 함께 살아갈 수
있다면 얼마나 행복할까?

하지만 마음과 같이 안 되는 것이 인간관계이다 보니
우리는 가까운 사람과도 상처를 주고받으면서 살아간다.
행복한 사람과 덜 행복한 사람의 차이는 만족스럽고
친밀한 관계의 차이인데 해결책은 없을까?

어떤 사람은 돈을 많이 벌어서 행복하게 사는 게
좋은 삶이라고도 말을 한다. 그러나 행복이라는 말은
어떤 형태가 없는 뜻만 있는 그런 단어가 아닐까 생각
이 된다. 그래서 행복에 대한 기준이 사람마다 제각각
다르다. 행복이라는 것은 깊게 생각해 볼 문제이지 간단
히 끝맺을 문제가 아니라고 생각한다.

신을 믿고 신의 말씀에 따르고 삶을 살아가면 극락이나 천국으로 간다고 믿는 사람도 있고, 연인에 대한 사랑 부부에 대한 사랑, 자식에 대한 사랑, 친구에 대한 사랑 사랑함으로써 행복을 느끼고 사람들과의 관계 속에서 인생의 의미를 찾는 사람들도 있다. 사람이 살아가는 목적은 정말로 다양하다. 사람들은 부를 이룬 것이야말로 삶의 목적이라 생각하고 행복한 생활을 할 수 있다고 믿고 살아가는 사람도 있다.

그러나 부를 이룬 사람들은 어떠한가? 이미 부를 이룬 사람들은 행복하지 않다고 말하는 사람도 있다. 이 세상에 행복한 사람이 과연 몇 명이나 있을까? 있다면 그 비결은 무엇일까? 세계지도자들은 인간을 괴롭히는 많은 문제에 대한 해결책을 내놓지 못하였다. 물품을 소유하고 소비하는 것으로는 의미를 갈구하는 인간의 욕구를 충족시킬 수 없음을 인간은 알게 되었다고 전 미국 대통령 지미 카터는 말하였다.

많은 종교 지도자들은 인간이 사는 목적은 선한 삶을 영위하는 것이고, 그렇게 할 때 사람이 죽으면 그의 영혼이 하늘에 가서 영원히 살게 된다고 말한다. 악인이 받게 되는 그 반대 결과는 지옥 불에서 영원한 고초를 당하는 것이라고 한다. 인간의 철학과 종교가 훌륭한 인생경영 방법이나 인간이 사는 목적을 만족스럽게 설명하지 못하고 있다.

우리는 좋은 삶을 살아가면서 그 해답을 찾기 위해
또한, 업적을 남기기 위하여 살고 있다.

이 문제에 관한 진리를 알려 줄 탁월한 지혜의 근원이
존재 한가? 선량한 사람들에게 나쁜 일이 일어나는 이유
는 무엇인가? 무엇이 잘못되었는가? 사람들은 종교란
마음의 평화와 위로를 제공하여 생활상의 문제를 극복
할 수 있게 해주는 것이라고 생각을 한다.

또 어떤 사람은 종교란 그저 미신에 불과하다고 생각
하는 사람도 있다. 두뇌에 관하여 과학자들은 훌륭하
게 정렬되어 있고, 질서 정연하고도 엄청나게 복잡한
이 장치가 어떻게 이러한 기능을 수행하는지는 확실히 알
수가 없다고 시인한다. 미소로 빛나는 얼굴이 성공한
인생으로 바꾸었다. 인간의 두뇌에는 1000억 개나 되
는 신경 세포가 있고 다른 세포와 교신을 한다고 한다.

인간의 두뇌와 신체는 최고의 설계자에 의해 경탄스럽
게 설계되었기 때문이다. 예를 들어 우리의 두뇌는 어
떠한 컴퓨터보다도 훨씬 더 복잡하다. 인간의 두뇌가
해결하는 문제는 가장 강력한 컴퓨터의 용량을 훨씬
능가한다고 한다. 우리 두뇌에는 수억 가지 사실과 정
신적 영상이 저장되어 있으니 우리는 창의력과 잠재력
순발력으로 좋은 업적을 남기면서 날마다 좋은 삶을
찾아서 제일 좋은 삶으로 미소 짓고 즐겁게 살아가야 한다, ♧

담장과 항아리와 절구통

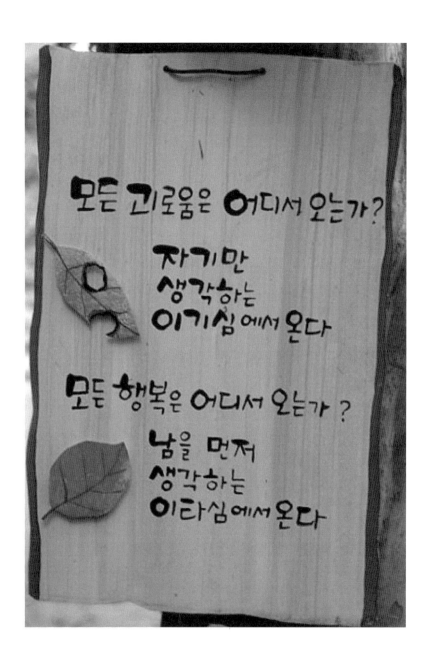

그대가 있어 내가 행복해요

할 수 있다고 생각하면 이루어지고
즐기면서 계속하면 기적이 일어난다.
나에게 "넌 틀렸어, 이제 끝났어."라고 말하고
자괴감을 가지면 자신이 가진 능력을 30%도
채 발휘할 수 없다고 한다. 그러나 할 수 있다고
생각하면 방법을 찾으면서 될 때까지
노력한다고 한다. 당연히 결과도 좋게 된다.
할 수 없다고 생각하면 미리 포기하고
노력도 하지 않는다.

생각이 결과를 만든다.
밤 11시 비바람이 몰아치는 깜깜한 스탠포드 교정
골프 연습장에서 쉬지 않고 혼자 공을 치는 학생을
보았다. 실컷 놀고 네 시간이 지난 새벽 3시, 아직도
그 자리에서 계속 연습을 하고 있었다. 비 오는데
새벽까지 공을 치느냐는 질문에 그 학생이 답했다.

"노던 캘리포니아에 비가 자주 오지 않잖아.
 우중 경기도 연습해야 하는데, 이때 아니면 언제 하겠어?"

- 데이먼 던 (프로 미식축구 선수, 부동산 개발 회사 사장)
그 학생이 바로 유명한 타이거 우즈입니다.

연습이 재능을 이기고
끝이 없는 연습이 천재를 만든다.

타이거 우즈의 타고난 천재성에 이 같은 남다른
특별한 노력이 합쳐져서 불세출의 위대한
골프 선수가 탄생한 것입니다.

우리는 행복해지기 위해서 살고 있다.
좋은 삶을 찾아서 행복을 느끼면서 살아가야 한다.
그러나 현실은 너무 바빠서 행복을 느끼지 못하고
현실에 얽매여 살아가는 사람들이 많다.
정신없이 바쁘게 살다가 어느 날 쉬면서 주변을
살펴보니 친구가 없다. 당연한데 누구에게 원망을
할 수도 없다. 늘 바쁘게 살아가는 사람에게는
전화하거나 만나자는 말도 꺼려진다.
나를 귀찮게 생각하지나 않을까? 진심으로 반겨줄까?
바쁜데 방해가 될까 봐 만나려고 찾아갈 수도 없다.

인생이 익어 가니 나이가 들수록 편한 친구가
그리운 것 같습니다. 인생은 두 번은 살지 못한다.
누구나 공정하게 오직 한 번입니다.
일생을 마친 뒤에 남는 것은 당신이 모은 것이 아니라
당신이 뿌린 것입니다.
새는 날아가면서 뒤를 돌아보지 않는다.

나무에 앉은 새는 가지가 부러질까 두려워하지 않는다.
새는 나무가 아니라 자신의 날개를 믿기 때문이다.
지혜는 들음에서 생기고 후회는 말함에서 생긴다.

귀하신 인연에 감사합니다. 우리의 인생에 꽃이 핍니다.
언제나 당신도 꽃처럼 아름답게 피어 있으면 좋겠습니다.
행복은 눈으로 보지 말고 항상 마음으로 보면서
살아갑니다. 그대가 있어 내가 행복하듯이 그대도 내가
있어 행복했으면 좋겠습니다. 정말로 정~말로 진심입니다.
내 옆에 소중한 사람이 있다는 것은 큰 행복입니다. ♣

건강관리 정보

옥수수기름, 홍화 기름, 해바라기 기름을 사용하지 마세요.
위의 기름으로 만든 마가린을 사용하지 마세요.
위의 기름으로 만든 샐러드드레싱이나 마요네즈를
사용하지 마시고 위의 기름으로 튀기거나
구운 가공식품과 팝콘을 제한하세요.
아마씨 기름과 카놀라유와 올리브를 사용하세요.

찬 음료가 치매를 유발한다. 치아가 건강하면
뇌도 건강하다. 잘 외우는 것보다 많이 떠 올리는
일이 좋다. 유산소 운동을 하지 않으면
치매 발병률이 높아진다. 몸을 움직여야 뇌가 젊어진다.
글쓰기의 힘은 치매 치료에 도움이 된다. ♣

유머 * 천당 가는 길

만약 내가 집과 자동차를 팔아서
그 돈을 몽땅 교회에 준다면
천당에 가게 될까요?
주일학교 선생님이 아이들에게 물었다.
아뇨 !! 라고 아이들은 일제히 대답했다.

만약 내가 매일같이 교회 청소를 한다면
천당에 가게 될까요?

아이들의 대답은 역시
노 !! 라고 하였다.

그럼 내가 동물들에게 잘해주면
천당에 가게 되는 걸까요?
아닙니다.

그렇다면 어떻게 하면
천당에 갈 수 있는 거죠? 하고 물었다
뒤에서 다섯 살 된 녀석이 소리쳤다.
죽어야 가지요. ♣

나는 행복한 사람

천하를 통일하고 불로장생 살고 싶어
만리장성을 쌓았던 중국의 [진시황제]
로마의 휴일에 공주 역할로 데뷔하여
오스카상을 탄
아름답고 청순한 이미지의 [오드리 햅번]
권투 역사상 가장 성공하고 가장 유명한
흑인 권투선수 겸 인권 운동가 [무하마드 알리]
연봉을 단 $1로 정하고
애플을 창시하여 억만장자가 된 [스티븐 잡스]
철권통치로 영원히 북한을 통치할 것 같았던 [김일성]
그들은 모두 이 세상을 떠났습니다.

[이렇게 화려하게 살다가
　 떠나간 사람 중 누가 부럽습니까?] 걸을 수 있고,
먹을 수 있고, 친구들과 고스톱 치며 대화할 수 있고
이렇게 사는 삶이 행복한 삶이 아닐까요.

이왕 사는 거 즐겁게 삽시다.
사람마다 인생관의 차이는 있겠지만
인생을 후회 없이 즐겁게 살려면
첫째, 눈이 즐거워야 합니다.
눈이 즐겁게 하려면 좋은 경치와 아름다운 꽃들을
많이 볼 수 있습니다. 여행은 휴식도 되고

새로운 에너지를 충전하는 기회도 됩니다.

둘째, 입이 즐거워야 합니다.
입이 즐겁게 하려면 맛있는 음식을 먹어야 합니다.
우리 몸을 유지하기 위해서는
우리 몸에 필요한 영양소를 골고루 섭취해야 합니다.

셋째, 귀가 즐거워야 합니다.
귀가 즐겁게 하려면 아름다운 소리를 들어야 합니다.
계곡의 물소리도 좋고 이름 모를 새소리도 좋으며
자기가 좋아하는 음악을 듣는 것도 귀가 즐거운
깃입니다. 조용히 음익을 김상하는 것이
정서에 좋은 것이며 음악을 즐기는 사람치고
마음과 얼굴이 곱습니다.

넷째, 몸이 즐거워야 합니다.
몸이 즐겁게 하려면 자기 체력과 소질에 맞는
운동하여야 합니다. 취미에 따라 적당한
운동하면 건강에도 좋고 몸도 즐겁습니다.
다섯째 마음이 즐거워야 합니다.
마음이 즐겁게 하려면 남에게 베푸는 삶을 살아야 합
니다. 가진 것이 많아서 베푸는 것이 아니고
자기의 능력에 맞게 베푸는 것입니다.
남에게 베풀 때 마음이 흐뭇해지며
행복 호르몬 엔도르핀이 분비되어 건강에도 좋습니다.
[자원봉사나 남을 칭찬하는 것도 하나의 베푸는 일입니다.]

이렇게 사는 삶이 좋은 삶이 되어
건강하고 진정한 행복한 삶입니다.

행복하지 않다면 자신을 탓할 수밖에 없지요.
신은 모두가 행복해지도록 창조했기 때문이지요.
불행은 가질 수 없는 것을 원하는 데서 찾아온다.
행복한 이는 자신이 가진 것에 만족할 줄을 알고 있다.

 톨스토이는 말합니다.
【 자신에게 닥친 불행은 피할 수 있지만
  스스로 만들어낸 불행은 극복할 수 없다.
  행복하지 못하다면 두 가지 변화를 꾀할 수 있다.
  하나는 삶의 조건을 낮게 하는 것이고
  다른 하나는 내적 영혼의 상태를 낮게 하는 것이다.
  첫 번째는 늘 가능한 것이 아니지만,
  두 번째는 늘 가능하다.】
  보람 있는 삶은 험한 파도를 타는 것과 같고
  보람 있는 삶은 파도를 타는 것과 비슷하다.
우리는 파도에 밀려 넘어지지 않기 위해
최대한 집중하면서도 전율을 즐기고 있다.
최적 경험(optimal experience)은 반드시 그 자체가
유쾌한 것은 아니다. 몸이 아플 수도 있고, 머리가 지끈
거릴 수도 있다. 그러나 그런 순간에 우리는 살아있음
을 생생하게 체험을 하고 있다.
- 로먼 크르즈 나릭, '인생은 짧다. 카르페 디엠'에서

【 아무 걱정 없이 행복하세요! 】 라는 말은
이치에 맞지 않습니다. 일반적 통념과 달리
최적 경험의 순간들은 편안한 시간이 아닙니다.
최고의 순간들은 어려운 일이나 가치 있는 일을
성취하기 위해서 자발적으로 노력하는 과정에서
육체적으로 또는 정신적 한계선에
도달할 때에 형성됩니다.

오늘도 넘어가는 내 인생의
한 페이지에 나는 말을 한다. 약해 지지마.
나 자신을 이기는 것이 가장 강한 것이다.
행복은 사소한 곳에 숨어 있다.
나는 늙어가는 것이 아니고 익어가는 중이니
업적을 남기면서 즐겁고 담대하게 살아가자. ♣

건강정보

저녁 식사 금식하고
공복 상태로 하면
암, 질병 예방에 효과 있어요.

소중한 사람이 있어 내가 행복해요

아련히 떠오르는 그대의 얼굴을 내 마음속에
담아 두었더니 그대가 있어 내가 행복을 느끼고 있다.
그대도 내가 있어 행복했으면 좋겠어요.
언제나 아름다운 꽃길과 숲길만 걸어가세요.
기도를 드리면 하늘의 문이 열리고 인생의 문이
열린다고 해요. 연습도 없는 한 번뿐인 우리의 인생
우리 함께 영원토록 알뜰하게 살아갔으면 좋겠어요.
인생은 누구나 공정하게 오직 한 번뿐입니다.
두 번은 살지 못하니 항상 건강하세요.

이제 나이가 들어 인생이 익어 가니 편한 친구가
그립습니다. 일생을 마친 뒤에 남는 것은
당신이 모은 것이 아니라 당신이 뿌린 것이라는
것을 알고 계시겠지요. 귀하신 인연에 감사합니다.
아름다운 꽃은 핍니다. 당신도 꽃처럼 아름답게
피었으면 좋겠습니다. 행복은 눈으로 보는 것이
아니라 마음으로 보는 것이라고 사람들은 말을 해요.
지혜는 들음에서 생기고 후회는 말함에서 생기지요.

성공한 사람들의 비결은 실패한 사람들이
하 기 싫어하는 일을 하는 습관을 길렀다는
사실에 있다고 하지요.

막상 시작하고 나면 별일이 아니라는 것을
바로 깨닫게 된다는 것이지요. 내가 하기 싫은 일,
어렵고 두려워 보이는 일, 일단 시작부터 해보세요.
행동하면 두려움은 사라지고 자신감이 커집니다.
일에 감사하면 행복감과 생산성이 높아진다고 합니다.

감사하는 사람들이 그렇지 않은 사람들보다 목표
달성을 잘한다고 합니다. 의식적으로 감사연습을
하는 사람들에겐 목표의식과 성취욕이 생긴다고 합니다.
감사하는 사람들은 소극적으로 가만히 있지 않고
의욕을 느껴 행동을 취한다고 합니다.
정말 그대가 있어 내가 행복해요.
그대가 있어 내가 행복하듯이 그대도
내가 있어 행복했으면 좋겠습니다. 진심입니다.
내 옆에 소중한 사람이 있다는 것은 큰 행복입니다. ♣

건강관리 정보

해산물 섭취는
지적능력을 늘리는 데 도움이 되고
생선에 들어있는 독특한 지방이
뇌의 활성을 돕는다.

물은 만물을 이롭게 해주지만 공을 다투지 않는다.

사람들이 싫어하는 낮은 곳으로 흐른다.

유머 직업에 따라 성적 올리기

채소가게 자식은?.................. 쑥쑥 올린다.

점쟁이 자식은?...................... 점점 올린다.

한의사 자식은?...................... 한방에 올린다.

성형외과 의사 자식은?........... 몰라보게 올린다.

구두닦이 자식은?.................. 반짝하고 올린다.

자동차 외판원 자식은?........... 차차 올린다.

부동산 중개인 자식은?........... 불붙기 전에 올린다.

백화점 사장 자식은?.............. 파격적으로 올린다.

총알택시 기사 자식은?........... 따 불로 올린다.

배추 농사 집 자식은?............. 포기(?) 한다.

목욕탕집 자식은?...................때를 기다린 다 아!!!

삶을 아름답게

사랑하는 임이시여!
정답게 지내면서
사랑하던 그 시절이 생각나면서 그립네요.
날이 갈수록 그리움이
쌓여 가는데 나 홀로 어쩌란 말인가요?
산들바람은 불어오는데
나비처럼 벌처럼 왔다가 갈 수는 없나요?
찢어지게 아프고 서글픈
내 마음은 이제 지쳐서 폭발할까 두렵네요.

누구나 딱 한 번뿐인 소중한 인생길에서
미움과 원망이 태풍과 파도로 몰아치면
불꽃처럼 화가 저절로 나오겠지요.
미움과 원망은 사랑으로 당신과 내가 하나가 되게 하고
그래도 남아 있으면 저 멀리 있게 하여 아름다운 들꽃으로
피어나게 하거나 산들바람에 미련 없이 날려 보내리.

산천과 아름답게 조화된 우리의 보금자리에서
언제나 당신과 내가 사랑으로 하나가 되려나.

나는 내 나이를 아름다운 건망증으로 잊어버리고
늙어가는 것이 아니라 아름답게 익어가게 하지요.
우리도 사랑으로 원하는 꿈이 함께 이루어지게 해요.

좋은 삶을 찾아서 함께 살아가면서
아름답고 즐거운 마음이 하나씩 쌓여가게 하시옵소서.
우리의 청춘은 멈춤이 없이 화살처럼 빠르게 날아가고
살아갈 날은 쉬지 않고 날마다 줄어만 가고 있네요.
꽃은 피어 열매를 남기고 봄에 다시 태어납니다.
내 가슴의 사랑과 따뜻한 정은 볼 수는 없어도
느끼게 할 수 있고 줄 수도 있습니다.

아름다운 임이시여!
서로를 향하는 그리움은
아름다운 꽃으로 피어나게 하소서.
누가 뭐래도 내 마음이 먼저이고
웃다 보면 정말로 정~말로 행복해져요.
내 마음은 행복을 만드는 공장
무엇을 하든 행복이 1순위이지요.

일상의 기적을 만드는 7초의 힘
우리에게 필요한 것이 없을 때
언제나 일하는 무대가 되게 하고
지금 할 수 있는 일을 시작합니다.
사람이 웃고 있을 때 몸에서는
많은 변화가 일어난다고 하지요.
웃으면서 계속 뇌에 집중하면
뇌와 가슴이 연결된다고 합니다.

가슴에 있는 에너지의 샘이 열리면서
아주 순수하고 평화로운 기운이
온몸으로 퍼져 나가고 지금 꿈을
꾸기 시작하면 변화가 시작됩니다.
지금 꾸는 꿈이 나의 미래이니
나는 별처럼 빛나는 삶을 살렵니다.
행복한 내 인생에 박수를 보내면서
무거운 짐은 내려놓고 사랑하기 위한
즐거운 여행을 떠나려고 합니다.

아름다운 꽃이
우리를 향하여 예쁘게 피어나듯이
우리도 사랑으로
삶을 아름답게 가꾸어가면서
좋은 삶으로 살아가게 하시옵소서. ♧

건강관리 정보

생선 안에는
기분을 증가시키는
성분이 들어 있다.

잘 되는 나

잘 되는 나는 냉장고를 열어 보니
열무김치 파김치 김장김치 들깨, 잎
달걀 양념 장 된장국이 모여 있었다.
나는 그 들을 식탁으로 초청을 하고
거기에 추가로 밥과 약주를 초청하였다.

진수성찬 (珍羞 盛饌) 수라상(水刺床)에
맛있는 음식이 나를 기다리고 있으니
잘 되는 나는 기뻐하고 감사하면서
소중한 음식을 맛있게 먹고 나서
고마움과 뜨거운 감동 느꼈다.

나는 기뻐하고 감사하는 이 영광을
사랑하는 아내님께 올려 드리옵나이다.
사랑하는 아내님 진심으로 감사합니다.
나는 사랑하는 아내님을 믿으면서
아내님께서 시키시는 일만 하겠으니

대적인 악마 사탄과 마귀 귀신과의 전쟁에서
패배하는 일이 없이 항상 승리하게 하시고
대적의 유혹을 담대하게 물리치게 하시옵소서.
언제나 나의 뜻대로 하지 마시옵고
사랑하는 아내님 뜻대로 하시옵소서.

나는 언제나 근심 걱정과
내가 할 수가 없는 힘든 일은
주님께 맡기고 글을 쓰면서
사랑하는 아내님 마음으로 평화롭게
행복을 느끼면서 살아가고 있다.

나의 뇌와 몸이 좋아지게
약주는 양을 줄여가면서
녹차와 정종을 커피잔으로
약이 되게 소량 마시고

공기 좋은 숲속으로 가서
운동으로 온몸을 강하게 하고
즐거운 마음으로 일을 하면서
언제나 아내와 주님께
감사의 기도를 올려 드리옵나이다. ♧

건강관리 정보

오메가-3 샐러드드레싱이 뇌를 보호하는 강력한 방법은
대뇌 혈관과 뇌세포에서 염증을 가라앉히는 것이다.
염증은 뇌 조직과 기능을 파괴해 뇌졸중과
노인성 치매까지 일으키는 무서운 존재이다.

소 나 무

『도덕경』 제8장 물은 만물을 이롭게 하면서도 다투지 않으며 뭇 사람들이 싫어하는 곳에 처 한다. 그러므로 도에 가깝다. 거할 때는 낮은 곳에 처하기를 잘하고 마음 쓸 때는 그윽한 마음가짐을 잘하고 사람들과 함께할 때는 사랑하기를 잘하며 말할 때는 믿음직하기를 잘하고 다스릴 때는 질서 있게 하기를 잘하고 일할 때는 능력있게 하기를 잘하고 움직일 때는 타이밍 맞추기를 잘한다.

오로지 다투지 아니하니 허물이 없다.

유머

1. 한번 웃으면 영원히 웃는 것은?

   사진

2. 세계에서 제 일 키 큰 사람은 몇 사람?

   그 사람 하나

3. 미친 사람을 환영하는 곳은?

   정신병원

4. 가장 게으른 사람이 죽은 이유는?

   숨쉬기 싫어서

5. 깨뜨리고 칭찬받는 것은?

   신기록

6. 병아리가 열심히 찾는 약은?

   삐 약

7. 얼굴이 못생긴 여자가 가장 좋아하는 말?

   마음이 고와야 여자지

8. 자기 전에 꼭 해야 할 일은?

   우선 두 눈을 감는 일

9. 장남이라는 이유로 결혼을 거절당한 총각의 기도 내용은?

   하나님, 그 처녀는 시집가면

   반드시 차남부터 낳게 하여 주소서 ♧

나에게 가장 좋은 삶

우리는 사람을 만날 때에
가장 먼저 상대방의 얼굴을 본다.
그러니 우리는 첫인상이 얼마나 중요한가?
적극적인 친절과 미소는 나를 명품이 되게 한다.

항상 긍정적인 생각을 하고 매사에 감사하는 마음을
가지고 살면서 부드러운 말씨를 선택해서 쓴다면
우리는 사랑과 미소의 주인공이 될 수 있다
사랑과 미소는 행복과 비례 한다

사랑과 미소는 이 세상을 아름답게 하고
모든 비난을 해결하고 어려운 일을 수월하게 하고
암담한 것을 즐거움으로 바꾸는 것이
바로 적극적인 사랑과 친절이다.

미소가 흐르는 얼굴은 자신 있게 보이고
친절에 있어서 **빼놓을** 수 없는 것이
바로 사랑과 미소이고 용기가 있어 보인다.
친절하면서 웃지 않는 사람은 없을 것이다

함께 살아가는 공동체 사회에서
나를 명품으로 상품화하는 시대이다
나의 미소는 나를 명품으로 만드는데
꼭 필요한 필수 요소이니 습관 한다.

숲속에서 걷기 운동을 하면서 관찰을 하고
음악 감상을 하면서 미소 짓고 휴식하고 있다.
내가 힘들어도 글감을 찾아서 업적을 남기는
수필을 쓰면 나에게 가장 좋은 삶이다.
글의 울림과 감동은 장수비결이다. ♣

건강관리 정보

건강한 뇌 만들기로
오메가-3가 풍부한 샐러드드레싱을
많이 사용하고 임신한 여성들에게
태아의 뇌 발달에 필요한
생선을 먹을 것을 권장하고 있다.

좋은 삶을 찾아서 살아간다.

현대는 국가와 국가 *국민과 국민 * 국가와 국민 간의
상호의존성이 요구되는 지구촌 시대와 다문화 시대에 다
양한 문화교류를 하면서 살아가고 있다. 처음에는 돈이
필요해서 일하고 더 지나면 일이 좋아서 일을 즐기면서
하게 되고 나중에는 더 많은 사람의 자유와
행복을 위해서 일을 하게 된다. 힘든 일도 미소 짓고
즐기면서 하다 보면 얻어지는 그 결과에 따라 기분이
좋아지고 혈액순환도 잘 된다.
안전하고 편하게 위대해지는 길은 없다.

사람은 죽는다. 사람이 죽으면 흙으로 돌아가
묘지 속에 묻힐 수도 있고 한 줌의 재가 되기도 한다.
천당이니 극락이니 그런 것은 인간이 살아있는
동안에 관념 속에 존재하는 이상향(理想鄕)일 뿐이다.
신(神)이 인간을 만들었다고 하지만 그 신을 인간이
만든 것이다. 인간은 본래 너무 나약해서 의지할
신(神)과 종교를 만들어 놓고 스스로 그 범주(카테고
리) 속에 갇혀서 살아가게 된 것이다. 즉 사람은 인간
(人間)으로 시작되어 인간(人間)으로 끝나는 것이다.
사람은 누구나 초대 안 했어도 저세상으로부터
찾아왔고 허락 안 했어도 우리 또한 찾아온 것과

마찬가지로 이 세상으로부터 떠나간다.

그것이 그 누구도 거역할 수 없는 자연의 섭리인데
거기에 어떤 탄식이 있을 수 있겠는가?

우리는 살아오면서 다소의 화도 내었고 또한 지나고
나니 그 화란 모두 나를 불태운 것이고 상대를 불태운
것이고 같이 있었던 사람들을 불태웠던 것임을 알았다.

그러나 약점보완에 집중하게 되면 평범하게 살아갈
확률이 높아진다. 성공한 사람들은 약점보완 대신
강점 강화에 집중한다. 우리는 강점 강화에 몰입하고
노력을 더 해야 한다. 혼자 있는 시간은 즐거운 일이
아니다. 인간이라면 누구나 외로움을 느낀다.
그러는 가운데 사색을 통한 자기의 성찰이 있다.
단 한 시간도 자신과 대면하는 시간이 없다면
참으로 위험한 인생이다. 누구나 혼자만의 시간을
만들어 강점을 강화하면서 즐길 수 있어야 한다.
외부로만 향하고 있는 눈길을 거두고 내면의 성찰을
얻을 수 있는 홀로 있는 고독한 시간도 있어야 한다.
의욕도 없고 마음이 답답할 때나 힘들고
우울한 마음에는 웃음이 좋다. 그러니 자주 웃는다.
웃음이 안 나온다고요? 그냥 억지로라도 웃어요.
행복해서 웃는 게 아니라 그냥 웃었더니 행복을 느꼈
다는 사람도 있다. 숲속에서나 꽃길을 걸으면서 미소

짓고 걷는다. 웃을 때마다 우리 몸에선 엔도르핀이 분비
돼 통증은 사라지고 기분도 좋아진다고 한다. 스트레
스의 천적은 웃음이므로 나는 웃음으로 나를 치유한다.
운동은 내 몸을 위한 것이니
미소 짓고 자주 노래를 부르면서 운동을 한다.

장수와 건강의 비결은 좋은 삶을 찾아서 일을 즐기면
서 하고 얻어지는 그 결과로 자신이 만족하면 그 삶이
그 비결이다. 살아있는 동안에 공동체 사회에서 섬기
면서 서로 사랑을 하고 웃으면서 즐겁고 행복한 생활
을 한다. 오늘도 인생의 페이지는 쉬지 않고 넘어간다.
나를 이기는 것이 가장 강한 것이다.
우리는 연습도 없는 한 번뿐인 인생이므로
도전과 열정으로 역경을 극복하고 꿈을 이루면서
좋은 삶을 찾아서 즐겁게 살아간다.♧

shutterstock.com • 1753408151

스위스 주택

문제보다는 가능성을 이야기하라.

문제에 대해 말하는 것보다 가능성에 대해 말하는 게 더 늘어나면 변화가 일어난다. 문제에 대해 말할 때는 에너지가 낮은 주파수로 향한다. 의심, 걱정, 불안. 그러면 우리는 침전물이 된다. 하지만 가능성에 대해 말하기 시작하면, 심지어 구체적인 실현 방법을 모른다 해도 에너지가 올라가기 시작한다. 그것은 긍정의 힘이다. 문제에 집착하면 자꾸 힘이 빠지게 된다.

기회와 가능성에 집중하면 에너지가 생기고 문제해결력도 높아진다. 나뿐만 아니라 조식 선체의 분위기노 활기차게 변화해 조직 생산성도 더불어 높아진다. 문제가 아닌 가능성에 집중하는 습관을 키워야 한다.

지혜는 고난을 겪을수록 밝아진다. 정신을 쓰면 쓸수록 더욱 뛰어나게 되므로 몸이 약하다고 지나치게 아낄 필요가 없다. 지혜란 고난을 겪을수록 상황이 나쁘다고 의기소침할 필요가 없다. 마음을 늘 써야 활발해지고 쓰지 않으면 약해지고 막힌다. 늘 쓰면 세밀해지면서 힘이 생기고 쓰지 않으면 거칠어지면서 힘이 빠진다. 실제로 견딜만한 역경과 고난은 나를 키운다는 것이 과학적으로 입증되었다. 역경은 무조건 회피할 것이 아니라, 잘 대처하면 오히려 나를 키우고 더 큰 기회를 만들어 줄 수 있다고 긍정적으로 생각을 바꿀 필요가 있다. 요즘 바쁘고 힘든 일이 많다면 그에 비례해서 내가 성장하고 있다고 생각해보세요. 연습을 사랑해야 한다. 나는 24명의 수영 챔피언을 가장 가까운 곳에서 지켜봐온 코치다. 그들의 공통점이 무엇인지 아는가? 그들은 1등을 하지 못해 낙담하거나 슬퍼한 적이 없다. 그들이 자신에게 실망하는 유일한 경우는 연습에 빠졌거나,

연습을 소홀히 했을 때이다. 연습을 사랑해야 한다. 연습은 조금씩 발전해 가는 모습을 선물로 주기 때문이다. 연습과 노력을 통해 스스로 발전하고 성장하는 것에 가치를 두고, 어제보다 더 나은 나를 만들기 위해 매일 매일 어제의 나와 경쟁해나갈 수 있다면 그 사람은 경기에서의 승패와 관계없이 인생의 승자라 할 수 있다. 시련을 반기는 사람이 달인이 된다. 인생은 우리에게 성공이나 만족감을 내어주는 것이 아니라, 시련을 주어 성장하게 만든다. 경지에 오른다는 것은 연습을 통해 그런 시련이 더욱 쉽고 만족스러워지는 미스터리 한 과정이다. 최고의 경지에 오른 사람들은 고통과 시련 그리고 역경을 쉽고 부드럽게 만들 줄 아는 사람들이다. 어떤 사람이 달인의 경지에 오르는가? 달인은 시련을 쉽고 부드럽게 다를 줄 아는 사람이다. 시련을 회피하는 사람이 아니라, 기꺼이 즐겨 맞을 줄 아는 사람이 달인의 경지에 오르게 된다. 달인이 되려거든 시련을 반길 줄 알아야 한다. ♣

♬ 노인은 소풍으로 체력을 보강

노인은 날마다 몸과 마음이 약해져 가는데요.
이 일을 어찌해야 합니까? 소풍 가면 좋습니다.
멈추지 않는 도전을 해야 합니다. 도전을 좋아한 불꽃
같은 A 여사 내 가슴에 뜨겁게 불을 질러서 나를
흔들어 놓고는 그냥 얌전하게 미소 짓고 보고만 있어요.
내 가슴에 뜨거운 불을 질러서 내 가슴을 흔들어
놓은 사람이 도덕적 책임을 져야 할 사람이 가만히
보고만 있으니 이 일을 어떻게 하면 좋을까요?
그렇다고 나도 그냥 얌전하게 있을 수도 없고 세월은
나를 붙잡고 흘러가고 내 청춘도 함께 날아가는데
그냥 두고 볼 수만 없잖아요 내 청춘을 붙잡고 놀아
봐야지 오늘만은 내가 실수를 해도 내 마음속에 생기를
채우면서 가는 세월을 붙잡고 내 몸을 흔들어 봅니다.

【 인생이란 살아가면서 고난 속에서 파도처럼 거칠게
부딪히면서 싸우고 망가지기도 하고, 아름다운 꽃처럼
평화 속에서 조용히 살아가기도 하면서 종착역까지는
누구도 알 수 없는 머나먼 길을 가는 것이다. 인생길
을 혼자 가면 빨리 가지만 공동체 사회에서 섬기고 사
랑하면서 함께 살아가면 인생길을 멀리까지도 갈 수가
있습니다. 그런데 당신에게는 운이 좋게 좋은 삶을 선택
의 권한이 있습니다. 제일 좋은 삶을 선택하세요 】

우리는 뇌가 시키는 대로 행동을 합니다.
인간의 뇌는 정신적, 지적, 신체적 활동을 총괄하며
우리가 살아가는 데 중요한 역할을 한다고 합니다.
몸 건강을 챙기듯 머릿속 두뇌 건강도 챙기고 있을까요?

【 천재는 타고나는 것이 아니라
훈련하면 완성된다고 한다. 】

우리의 머리도 쓰면 쓸수록, 새로운 일에 도전할수록
정신 건강을 챙길수록 좋아진다고 합니다.

『 머리를 쓰면 쓸수록 뇌 능력이 더 있다.
현명하게 선택하고 빠르게 사고할 수 있다. 』

무엇이든 사용하지 않으면 퇴화하듯
머리도 쓰지 않으면 점점 두뇌 회전이 느려진다.
나이 들수록 머리는 덜 쓰고 눈 감고도 할 수 있는
익숙한 일들에 습관화되면서 뇌 기능은 떨어진다.
몸과 마음을 단련시키기 위하여 노인들과 함께
땀을 흘리면서 걸어서 즐겁게 소풍 갔다 왔다.
소풍을 갔다 오니까 잘 되는 혈액순환에 기분까지
좋아져 이 또한 많이 갈수록 건강한 몸을 유지하면서
좋은 삶이 되겠구나 하고 일행들과 함께 느꼈다.
억지로라도 시간을 내어 소풍은 다른 일에 우선하여
실천을 해보겠다고 함께 소풍을 갔다 온 일행들과
다짐도 하였다. 무엇보다 노인이 근육 운동으로 땀을

흘리게 되니 가벼운 몸으로 기분까지 상쾌하게 되어 좋았어요. 노년의 멋이란 외모에서 풍기는 것보다 작은 꽃송이 하나에도 즐거워하는 마음의 여유가 있을 때 외모에 멋을 부리게 되면 호르몬 분비가 왕성해져서 노화 방지에 도움을 준다고 한다. 노인은 외모에 정신적인 면까지 함께 조화를 이룰 때에 더욱 아름답다고 한다. 그러니 이제 더 나쁜 질투는 빨리 버리고 즐겁게 살아가기 위해서 작은 힘으로 낮은 산에 소풍 갔었다.

정상에서 저 멀리까지 산 아래로 내려다보이는 풍경을 보면 볼수록 아름답게 보이면서 즐거웠다. 나의 산행의 주된 목적은 뇌로 맑은 산소를 채우게 하고 운동하면서 맑은 공기를 마시고 몸과 마음을 충전하여 수필을 쓰기 위한 글감을 찾아보기 위한 목적도 있었다.

모처럼 가본 소풍이니 좋은 것은 당연하고 수필을 어떻게 쓸까? 나는 생각을 해보았다. 인간이 살아가면서 모든 일이 생각대로 쉽게 잘 풀린다면 좋겠지만 나의 일을 조사 분석을 하다 보면 언젠가는 잘 되겠지 생각을 했다. 나는 이러한 생각으로 지금까지도 살았지만 당면한 일에 최선을 다하면서 살아왔다. 오늘의 소풍에서 얻어지는 것은 무엇일까? 맑은 공기 자연환경 속에서 가벼운 운동을 하면서 몸과 마음을 깨끗하게 충전을 하였다.

일행과 정담을 나누면서 가져온 음식을 먹고 나서 노래를 부르고 춤을 추면서 쌓였던 무거운 짐을 모두 산들바람에 실어서 멀리 날려 보냈다. 바람아 잘 가거라. 우리의 짐을 갖고서 멀리 잘 가거라. 소풍은 소요 시간이나 경제적으로도 별 부담이 없으니 자주 가자고 우리 일행은 한마음으로 다짐을 하였다.

많이 보고 느끼면서 관찰력이 향상되는 소풍은 가자는 말을 듣기만 해도 나는 기분이 좋아져 가슴 설렘으로 심장이 쿵쾅쿵쾅 뛰곤 한다. 왜냐하면, 나는 건강관리와 수필을 쓰기 위해서는 꼭 가야 할 소풍이기 때문이다. 소풍이 나의 좋은 삶이 되어서 좋은 업적을 많이 남기게 되니 소풍에서도 보람을 느끼고 자주 가려고 노력을 한다. 힘든 일도 하고 나면 기분 좋게 성취욕을 채우는데 나는 오늘도 소풍 간다는 기분으로 아하하 웃으면서 일을 즐겁게 하고 있다. ♣

바람에 흔들리려도 속을 비우고
강하게 살아가는 대나무

정든 내 사랑

정든 내 사랑
무엇을 하길 레 소식이 없나요?
괴로움 주시고 그대는 무엇을 하시나요?
정든 임 사랑에 내 마음 타고 있는 줄 모르시나요?
내 마음 꾸짖으니 임마저 잊으오리까?

사랑하는 그대여!
날 더러 어쩌란 말인가요?
첫사랑 고백하던 그 마음 잊으셨나요?
이 아픈 마음아 이 괴로운 마음아
너는 왜 대답이 없느냐?

나를 잊었단 말인가요?
내 인생을 어떻게 살아갈까?
내 허리가 휠 것 같은 삶의 무게여
세월 따라 바람 따라 멀리 가거라.
이 늦은 참회를 누가 알아줄까?

보고 싶은 그대여!!
이 외로운 마음과 서글픈 가슴으로
이 세상에서 누굴 믿고 살아갈까?
밤은 점점 깊어만 가는데
아침 해가 떠오르면 어떻게 할까요?

공원에서 놀았던 그때가 그립습니다.
그땐 가까이하면서 즐겁게 놀았지요.
지금 창밖에는 비가 오고
버스 승강에는 사람들이 서성이는데
왜 그대는 소식이 없나요?

내가 그대를 애타게 기다리는 줄
사랑하는 그대가 아는지 모르는지
나는 정말 알 수가 없네요.
그대는 아무렇게나 해도 되는 건가요?
그대는 정말 무정도 하네요.

농담

어떤 마을의 강위에 노후 된 다리가 있었다.
늙은 랍비가 그 다리를 건너고 있었는데 바람이 강하게
불어 다리가 심하게 흔들렸다. 늙은 랍비는 기도했다.
"하나님, 만약 이 다리를 안전하게 건너게 해주시면
제 재산의 반을 기부하겠습니다." 랍비가 기도를 마치자마
자 바람이 멈추면서 다리가 흔들리지 않았다.
랍비는 다리 끝 쪽에 이르러 하늘을 향해 말했다.
다리를 거의 다 건넜으니 기부는 하지 않겠습니다.
그러자 곧 바람이 다시 불면서 다리가 심하게 흔들렸다.
랍비는 흔들리는 다리 위에서 하늘을 향해 다시 소리쳤다.
오!! 하나님, 마지막으로 한 말은 농담입니다.
너무 심각하게 받아들이지 마세요!! ♣

숲으로 가는 길 초원

숲길을 걸으면 자연 속에서 물소리와 새소리를
감상한다. 조용히 감상하면 포근한 정감을 주고
명상음악은 우리의 뇌를 좋게 한다. ♣

나는 내 인생의 주인공

나는 내 인생의 주인공이다.
부정적인 생각은 버리고 뇌가 인생을 운영하는 대로
세월은 흘러가는데 [안 돼]라는 말 대신에
나는 할 수가 있다. 【할 수 있다】를
습관화하면 성공의 길이 열린다.

성공은 마음가짐의 변화에 달려 있고 변화는 자신감 있
는 사람에게는 상당한 심리적 영향을 주고 영감을 준다.
변화는 희망을 품는 사람에게는 용기를 주고 힘을 북돋
아 준다. 변화는 일이 잘될지 모르기 때문에 두려워하
는 사람에게는 위협이 된다. 문제는 변화를 두려워하지
말고 어떻게 받아들이느냐에 따라서 득과 실이 결정된
다는 것이다.

◇ **내 인생은 강물처럼 흘러가는데 청춘은 바람처럼**
날아가고 살아갈 날은 날마다 줄어가더라도 나는
언제나 좋은 삶을 찾아서 좋은 삶을 살아간다.
인간은 목표를 향해 살아간다. 유전자는 향상과 성취를
향해 끊임없이 달려가도록 우리를 만들었다. 열정으로
일에 몰입하여 목표를 성취하고 일과 학습을 통해 성
장 발전하는 데서 짜릿함과 행복을 느낀다.
일의 의미와 인생의 진정한 목적을 생각해보는 시간을
가져야 한다. 감정을 전달할 땐, 말 대신 행동으로

하라 누군가 말을 할 때, 우리 뇌는 상대의 얼굴 표정에서 내면의 신호를 포착한다. 상대의 진짜 의도를 파악하기 위해서다. 얼굴은 우리 내면을 보여주는 거울과 같고 개인적인 생각을 신호로 얼굴에 표현한다. 사람의 감정과 성과는 분리할 수가 없고 웃는 나는 조직의 성과를 높이고 사람들은 기분이 좋을 때 최선을 다한다.

나는 표정 관리를 할 줄 알아야 하고 현명한 사람을 사랑하면서 행복하게 만들고 생산성도 높이도록 협조 지원을 한다. 위험을 감수한다. 거기에 과실이 있으니 만약 더 높은 성취를 이룩하고 싶다면 모험을 감수해야 한다. 여러 번 죽을 것 같은 두려움도 있었다. 위험이 커야 성과도 크다.

반대로 모험을 감수하기 싫다면 더 적은 수입, 더 작은 성공 더 작은 삶에 만족해야 한다. 변화의 첫째 요건은 익숙했던 습관과 방식을 버려야 한다. 나아가 자신의 예전 모습과 과거에 성공적으로 해왔던 업무까지도 버리고 현실 자체를 모두 버리는 것이다. 새는 알에서 나오려고 발버둥 친다. 알은 새의 세계다. 태어나려고 하는 자는 하나의 세계를 깨뜨리지 않으면 안 된다. 변화의 시대를 살아가는 조직과 개인은 변화가 찾아왔

을 때와 잘 나갈 때 스스로 과거와 작별하는 시간을
의도적으로 가질 수 있어야 한다.
세상은 영웅이나 영리한 사람에 의해 발전되는 것 같지
만 사실은 그렇지도 않다. 세상은 소수일지라도 변함없이
노력하는 자에 의해 조금씩 변화되고 발전하고 성장을 한다.
우리가 오늘 갖는 꿈과 생각이 그리고 우리의 꾸준한
노력과 행동이 세상을 조금씩 바꾼다.
나는 내 인생을 이끌고 가는 주인공이다. ♣

인간이 살아가면서 자주 후회하는 말이
『 아 !! 나도 그 때 해 볼 걸
　　아 !! 나도 그 때에 잘 할 걸 』이라고 말을 한다.

처음에는 내가 습관을 만들지만
나중에는 습관이 나를 만든다.

사랑이 동물성일까? 식물성일까?
사랑이 뭐냐고 물으신다면
눈물의 씨앗이라고 했으니 식물성임.
임신한 여자가 어린애 업고 있으면 어떤 여자일까?
행복한 여자지요. 배부르고 등 따스하니까.
재수가 없어야만 좋은 사람은 어떤 사람일까?
고 3학생의 대학 수험생이지요. ♣

숲으로 가는 길에서

자연을 보게 하였다

유머

1. 사과 반쪽과 가장 닮은 것은?

-------- 나머지 사과 반쪽

2. 한번 웃으면 영원히 웃는 것은?

------- 사진

3. 세계에서 제일 키가 큰 사람은 몇 사람?

-------그 사람 하나

4. 미친 사람을 환영하는 곳은?

------- 정신병원

5. 가장 게으른 사람이 죽은 이유?

------- 숨쉬기 싫어서

6. 깨뜨리고 칭찬받는 것은?

------- 신기록

7. 병아리가 열심히 찾는 약

------- 삐약

♡ 암 예방을 위한 식사 지침 ♡

1. 소금기가 많은 음식을 피한다.
2. 소식(小食)으로 총 칼로리 섭취량을 줄인다.
3. 육식을 자제하고 저녁을 금식한다.
4. 생채소류 특히 녹황색 채소(당근 호박)를 먹는다.
5. 감귤류 등 카로틴이나 비타민C가 풍부한 것을
   많이 먹는다.
6. 알코올음료를 과다하게 마시지 않는다.
7. 규칙적인 식사를 하고 잘 씹어 먹는다.

♡ 오늘 할 일을 열심히 하라 ♡

지나간 것을 쫓지 말라.
아직 오지 않는 것을 생각지 말라.
과거란 이미 버려진 것이다.
미래란 아직 오지 않는 것이다.
그러므로 다만 현재에 있는 것만을 잘 관찰하라.
흔들리지 말고 동하지 말고
그것을 확인하여 그것을 실천하라.
다만 오늘 할 일만을 열심히 하라 ♧

건강정보

o **생선의 지방은 알코올로 인한 뇌 손상 예방**

뇌 활동 회복, 노인성 치매에 부작용 없는 천연
치료제이다. 기분 향상하고 우울증 완화한다.

o **뇌는 먹는 지방으로 만들어진다.**

식초가 뇌를 보호한다. 좋은 지방 많이 먹고
뇌 활성을 돕고 뇌 세포막을 부드럽게 한다.
하버드대 실험 입증, 나쁜 지방은 뇌세포
기능장애, 사망 정신 능력 감퇴 일으킴

o **포화지방은 당뇨병 일으키고 기억력 떨어뜨림.**

o 정제된 설탕이 있고, 과당은 과일 속에
들어있는 당이고, **포도당은 혈액 속에 들어있는
당을 말한다. 포도당은 우리의 몸과 뇌에 에너지를
주고 뇌의 활력소이고, 치매 환자에게 좋다.**

o **아침 식사가 뇌 기능을 좋게 하고 있다**

o **과다한 혈당은 뇌와 혈관에 이상이 오고
기억력 감소하고 있다.**

o **양질의 탄수화물이 혈당을 낮추는 역할을 한다.** ♣

하루 20분 걸으면 심장병 위험 감소

하루에 20분 정도 걷기 하면
심장병과 뇌졸중 발병 위험 줄일 수 있다.
특히 당뇨병 위험이 있는 사람들은 걷기 효과가
더욱 컸다. 20분씩 걷기는 대체로 2천보에 해당한다.

내 인생을 새롭게 하소서

O 근심 걱정 바람에 날려 보내고 새롭게 하소서.

O 글을 읽고 쓰고 성장 발전하소서.

O 걷기 뛰기 스트레칭 운동을 자주 한다.

O 하루 2끼 먹고 저녁은 금식하소서.

O 생선과 채식하고 육식은 자제하소서.

O 목욕, 이 닦기, 머리 마사지, 산책을 자주 한다.

O 가족 지인과 대화를 자주 하고 있다.

O 녹차로 마사지하고 자주 마시고 있다.

O 잠과 휴식을 충분히 하고 있다.

O 유튜브로 여행 공부를 자주 하고 있다.

* 유머 〉얼굴이 못생긴 여자가 가장 좋아하는 말은?
        …… 마음이 고와야 여자지

네델란드 풍차

* 5%의 사람은 지도자가 하는 말만 들어도 믿는다.

  그러나 95%의 사람은 실제 행동을 봐야 믿는다.

  지도자가 솔선수범해야 조직원이 따르고

  그 조직에 생기가 돈다.

* 지도자는 종합 예술가로서 알아야 하고(知)

  행동해야 하며(行), 시킬 줄 알아야 하고(用)

  가르칠 수 있어야 하며(訓)

  사람과 일을 평가할 줄 아는 것이다.

타인을 위해 기도하면 나의 불행은 없다.

나는 오늘 행복한 사람이 될 것을 선택하겠다.
타인을 위해 가장 먼저 할 수 있는 일은
그의 행복을 바라면서 기도하는 일이다.
그것만으로도 모든 불행은 사라진다.

타인의 불행은 물론 자신의 불행까지도 사라진다.
세상에서 가장 숭고한 일 중 하나는
【타인의 행복을 진정으로 빌어주는 일】이라 할 수 있다.
나는 타인의 행복을 기원하면 나의 불행이 사라지고
더 큰 행복을 얻게 된다. 그것이 바로 기도의 기적이라
할 수 있다. 나는 늘 제일 먼저 미소 짓는 사람이 되겠다.
내가 그런 선량한 태도와 미소를 보여주면
다른 사람들도 그것을 하게 될 것이다.

누구나 바라는 그 행복은 어디에서 오는가?
행복은 밖에서 오지 않는다.
행복은 우리 마음속에 자리 잡고 있다.
우리들의 마음속에서 행복은 나온다.
오늘 내가 겪는 불행이나 불운은
누구 때문이라고 절대로 생각하지 말라.
남을 원망하는 그 마음 자체가 곧 불행이다.
행복은 누가 만들어서 갖다 주는 것이 아니라
내가 만들어간다.

【 나는 행복해서 노래 부르는 것이 아니라
미소 짓고 즐겁게 노래를 부르니 행복하다. 】
내가 미소 짓기를 선택할 때에 나는 내 감정의 주인이 된다.
미소는 나의 명함이다. 나의 미소는 공동 사회에서
사람들과 유대관계를 맺고 서먹한 얼음 관계를
깨드리고 폭풍우를 잠재우는 힘을 갖고 있다.
나는 이 미소를 끊임없이 활용한다.

나는 감사하는 마음으로 행운의 씨앗을 자주 심는다.
나는 내 인생에 불행이 닥치거나 어떠한 방해물을 만날
지라도 내적인 기쁨으로 담대하게 피해가거나 감사하는
마음으로 막아낸다. 감사는 걱정, 불안, 두려움에서 벗
어날 수가 있다. 감사야말로 시련을 견디는 힘이자 내
안에 행운의 씨앗을 심는 일이다. 어려운 상황에 닥칠
수록 감사할 일을 찾아 나서고 있다. 비록 나의 계획이
무산되는 일이 생기더라도 감사하는 마음이 있다면
어딘가에 열려있을 새로운 문을 찾을 수 있다.

칭찬은 전략이고 정직은 성공의 비결이다.
사람은 칭찬을 받으면 기쁨과 힘이 솟아 나오고
가슴 속에 꽃이 피어나온다. 칭찬은 그야말로
인간만이 만들어내는 최고의 예술이다.
생각이 씨앗이다. 남에 대한 칭찬은 행운의 씨앗을
뿌리는 일이고, 남에 대한 험담은 불운의 씨앗을

뿌리는 것과 마찬가지이다. 정말로 칭찬은
상대도 살리고 나도 살린다.

【 남을 이롭게 하는 말은 천금이고
　남의 기분을 나쁘게 하는 말은 마음이 아프다. 】
내가 아는 것에 대한 확신을 재고하고
늘 회의하고 의심해 볼 줄 아는 사람일수록
능력이 뛰어난 사람으로 뛰어난 의사결정자가 될 수 있
다. 우리는 공동생활을 하면서 사랑으로 섬기기 위해 이
땅에 태어났다. 우리는 개인이 아닌 공동체이다.
개인으로 사는 것 같지만 공동체로 함께 살아가고 있
다. 인간은 다른 이들이 원하는 것을 충족시켜주기 위
해서 친절, 겸손, 용기, 희생, 감사, 동기부여, 사회화
배려 등을 꾸준히 할 수 있다.

【 일로 많은 업적을 쌓아 올린 자는 사람들에게
　무언가를 주고 있다. 업적이란 단순한 수치가 아니다.
　인간 세상에 대한 공헌이다. 】

　우리는 사랑하고 섬기기 위해 이 땅에 태어났다.
　노력이 덧셈이라면 정직은 곱셈이다.
　정직이 성공과 행복의 비결이다. ♣

강물에서 노는 원앙새

술에는 진리의 여신이 있다.

술잔 아래는 진리의 여신이 살아 있고
기만의 여신이 숨어 있다.
술 속에는 우리에게 없는 모든 것이 숨어 있다.
술은 입으로 들어오고 사랑은 눈으로 오나니
그것이 우리가 늙어 죽기 전에 진리고, 전부이니라.
나는 입에다 잔을 들고 그대 바라보고 한숨짓노라.
까닭이 있어 술을 마시고 까닭이 없어 술을 마신다.
그래서 오늘도 마시고 있다.

주신처럼 강한 것이 또 있을까.
그는 환상적이며, 열광적이고 즐겁고도 우울하다.
그는 영웅이요, 마술사이다.
그는 유혹자이며, 에로스의 형제이다.
공짜 술만 얻어먹고 다니는 사람은 - 공작.
술만 마시면 얼굴이 희어지는 - 사람은 백작.
홀짝홀짝 혼자 술을 즐기는 - 사람은 자작.
술만 마시면 얼굴이 붉어지는 - 사람은 홍작.

혹자는 인간이 살아가는 데 필요한 세 가지는
술, 돈, 여자가 아니냐고 말하기도 한다.
신은 단지 물을 만들었을 뿐인데 우리 인간은
술을 만들었지 않은가? 술이 없으면 낭만이 없고
술을 마시지 않는 사람은 사리를 분별할 수 없다. ♣

남을 칭찬하면 나에게 좋다

감사는 행운의 씨앗을 심는다.

노력하면 꿈은 이루어진다. ♣

술은 백약의 으뜸이요 만병의 근원이다.

첫 잔은 - 술을 마시고,
두 잔은 - 술이 술을 마시고,
석 잔은 - 술이 사람을 마신다.

청명해서 - 한 잔
날씨 궂으니 - 한 잔
꽃이 피었으니 - 한 잔

마음이 울적하니 - 한 잔
기분이 경쾌하니 - 한 잔

술은 - 우리에게 자유를 주고
사랑은 - 자유를 빼앗고.
술은 - 우리를 왕자로 만들고

술과 여자, 노래를 사랑하지 않는 자는
평생을 바보로 보낸다.
인생은 짧다.

그러나 술잔을 비울 시간은 아직도 충분하도다.
술 속에 진리가 있다.
술은 사람의 거울이다. ♧

불행한 사람일까 행복한 사람일까.

나는 불행한 사람일까? 행복한 사람일까?
불행한 사람은 아니라고 말할 수는 있지만 그렇다고
또 행복한 사람이라고 남에게 자신 있게 말할 수도 없다.
돈 많은 부자 중에도 불행한 사람도 있다고 한다.
왜 그럴까? 부자 사람과 가난한 사람은 성격과 삶이
다르겠지만 무엇이 크게 다를까? 부자는 나를 중심으
로 살아가지마는 가난한 사람은 공동체를 중심으로
살아간다고 한다고 할 수 있을까?
행복은 열심히 일할 때가 더 행복하다고 한다.

당연히 놀 때가 좋으니까 행복해야 할 텐데
일할 때가 더 행복하다고 한다. 행복은
결과가 아니라 과정이기 때문이라고 한다.
행복은 목적을 향해 일을 이루어가는 성취감이다.
가난한 집과 부자의 집이 이웃에서 살았었는데 가난한
사람들은 많은 대화에 웃음소리가 들리는데 부자
사람들이 생각하기에는 가난한 사람들은 삶에 얽매이면
힘들고 지쳐서 웃을 일도 없을 터인데 가난한 사람들의
웃는 소리가 이웃 부자의 집까지 들리게 웃어대니
부자 사람들은 질투심이 저절로 나와서 하루는 부자의
집 부부가 오늘은 우리도 한 번 마음껏 웃어 봅시다.
하고 경쟁이나 하듯이 웃음 일을 찾던 중에
돈이 많이 있으니 돈이 생각이 났다고 한다.

부부는 옳다 되었다 하고 우리도 돈이 많이 있으니
있는 돈이나 여기에 모두 다 갖다 놓고 돈을 보면서
마음껏 웃어 봅시다. 하고 돈을 방바닥에
모두 다 모았는데 웃음은커녕 그런데 웬일일까?
웃음은 나오질 않고 도리어 누가 올까 무서워서
결국은 부부는 웃지를 못하고 돈을 감추고 나서는
돈은 웃음을 만들 수가 없다는 것을 깨달았다고 한다.

부자는 돈을 보면 불안하고 불행하게 될 수도 있겠지만
가난한 사람은 누가 가져갈 것이 없으니 마음이 편안하
다고 한다. 사람들은 일할 때 일을 하고 나서 성취감으
로 삶에 만족하게 되니 휴식할 때에 보다는
일할 때 더 행복을 느낀다고 한다.
결과에서 행복을 얻으려 하기보다는 반대로 과정에서
행복을 얻으려 할 때 더 많이 나타난다고 한다.
내 행복은 주어지는 것이 아니라
내 마음과 내 손으로 만들어 가는 것이라고 한다.

나는 불행한 사람은 싫고 행복한 사람이 좋다.
사랑하는 그대의 미소와 마음을 아무에게나 주지
말고 나에게만 주어요. 사랑하는 당신의 마음과 나의
마음이 하나가 될 때에 힘든 일도 당신과 내가 함께
이룰 수 있어요. 행복을 만들고 느끼고 우리 자기 함께
해요. 그대가 있어서 지금 나는 좋아요. 미안해 사랑해
자기가 있어서 살만하고 즐겁고 정말로 행복해요. ♧

찬 음료가 치매를 유발하고 뼈를 약하게 하니

찬 음료는 피하고 따뜻한 음료를 먹고
따뜻하게 살아가야 하겠습니다.

유머 아이 구 왜 그걸 몰랐을까.

평생을 독신으로 사는 할아버지가
놀이터 의자에 앉아있는데 동네 꼬마들이 몰려와
옛날이야기를 해달라고 졸랐습니다.
그러자 할아버지는 조용히 이야기를 시작했습니다.

얘들아
옛날에 어떤 남자가 한 여자를 너무너무 사랑했단다.
그래서 그 남자는 용기를 내어
여자 에게 결혼해 달라고 프로 포즈를 했지

그러자 그 여자는 두 마리의 말 말고
다섯 마리의 소를 갖고 오면 결혼하겠어요.
이렇게 이야기를 했단다.

남자는 그 뜻을 알 수가 없었고
두 마리의 말과 다섯 마리의 소를 사기 위해
열심히 돈을 벌었지만, 여자와 결혼을 할 수가 없었어요.

결국, 남자는 혼자 늙어가면서
오십 년이 흘러 할아버지가 되고 말았단다.
그리고 아직도 그 남자는 그 여자만을 사랑하고 있다.
할아버지의 이야기에 귀 기울이고 있던 한 꼬마가

에이~~! 하더니 대수롭지 않게 말했습니다.

할아버지, 두 마리의 말이랑 다섯 마리 소면
『 두말 말고 오소 』라는 뜻 아니어요?

아이의 말에 갑자기 할아버지는
무릎을 치더니 오잉 ????? 그렇구나!

그런 뜻이었구나~~!
아이고, 내가 그걸 왜 몰랐을까?

아이고, 벌써 오십 년이 흘러 가버렸네
아이고 아이고~~!!!!
늦기 전에 그대여!! **두말 말고 오소** !!! ♣

건강관리 정보
모유 수유의 이로움은 엄마의 항체와 백혈구가
아기에게 전해진다. 대장균 번식을 막는다.
우유와 달리 모유에는 대개 균이 없다.
우유 섭취와 연관된 주요성인 질병을 관상동맥질환
암 신경계 질환 알레르기 질환 소화기계
문제 감염성 질환이다.

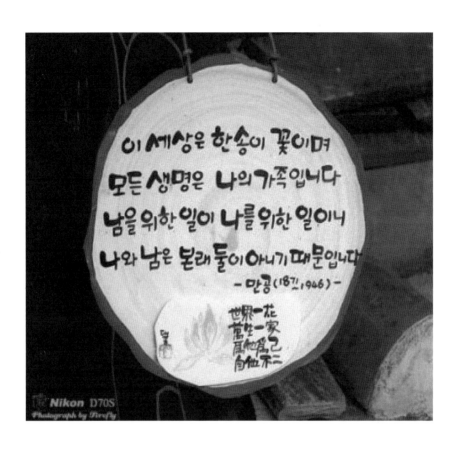

이 세상은 한송이 꽃이며
모든 생명은 나의 가족입니다
남을 위한 일이 나를 위한 일이니
나와 남은 본래 둘이 아니기 때문입니다
- 만공 (1871, 1946) -

世界一花
萬生一家
爲他爲己
自他不二

행복은 세상을 바라보는 긍정적인 틀이다

긍정적인 생각 없이 우리는 어느 한순간도 행복할 수
없다. 사람들은 언제나 행복하기를 원한다. 많은 것을
가지고 있으면서도 행복하지 못한 사람 있는가 하면
아무것도 없지마는 행복한 사람들이 있다.

긍정적인 생각이 없이는 밝음을 선택하지 않고서는
행복해지거나 웃을 수 없다는 것이다. ♧

대한민국 김치

대한민국의 반찬을 대표하는 김치는 글로나 말로
그 맛을 모두 표현할 수 없는 것이 김치입니다.

나는 김장김치와 열무김치와 갓김치 돼지고기 김치찌
개를 좋아한다. 나의 아내가 김치를 담그는 날은 나는
문학창작예술의 수필과 시를 짓고 이야기를 하면서 맛
있는 김치 담그기를 서로 열정으로 즐겁게 일을 하고
완성이 되면 업적으로 보람을 느낀다.

사전을 보면 김치는 배추, 무 등을 굵은 소금에 절여
씻은 다음 고춧가루, 파, 마늘, 생강 등의 양념과
젓갈을 넣어 버무려 만드는 한국의 저장 발효식품이다.

김치의 종류는 매운 김치의 경우 대표적인 조미료는
고춧가루와 젓갈 등이며 한국에서는 지방마다 제조
과정이나 종류가 조금씩 다르다.

올림픽, 아시안 게임, FIFA 월드컵 공식
지정 식품이기도 하다.

[무김치] 깍두기는 무를 이용한 김치로, 찹쌀가루로
풀을 쑤어 국물을 걸쭉하게 만드는 것이 특징이고
풀을 쑤어 넣게 되면 김치의 단맛이 좋아진다.

마늘, 생강, 쪽파 등 많은 양념이 추가된다.

열무김치는 열무를 소금에 절였다가 헹구어 낸 뒤에
찹쌀 풀로 버무려 열무 특유의 떫은맛을 제거한 다음
고추장 등과 버무리고 국물을 부어 맛을 내는 김치이다.
주로 배추가 잘 나지 않는 여름철에 많이 이용된다.
[물김치] 동치미는 무를 이용한 김치 가운데
하나로서 흔히 겨울 전 김장철에 준비한다.
무를 원통형으로 4 티미터 정도로 자른 뒤에
소금에 절였다가 국물을 부어 넣고 발효 시킨다.

나박김치는 동치미와 비슷한 물김치이다.
다만 동치미는 무만을 가지고 만드는 저장용
김치이나, 나박김치는 무와 쪽파, 사과와 배 등을
넣어서 국물을 달게 만들고 바로 먹는다는 점이
다른 물김치이다. 연근 물김치는 연근 껍질을 벗긴 뒤
약 0.35cm 두께로 썰고 소금에 10분 정도 절인
다음 당근, 미나리, 붉은 고추, 풋고추, 마늘, 생강
등을 썰어 넣고 고춧물에 한나절 익힌다.
오이 김치는 말 그대로 오이를 이용한 김치로
오이소박이 불린다. 오이를 10센티미터 정도로
통째로 자른 뒤, 십자 모양으로 칼집을 낸 다음
부추를 기반으로 한 양념을 채워 넣은 김치이다.

갓김치는 주로 전라남도 지방에서 즐겨 먹는, 갓으로 담근 김치이다. 갓 특유의 독특한 매운맛과 톡 쏘는 맛이 특징이다. 여수의 돌산 갓김치가 유명하다.

[김치를 이용한 음식]

김치찌개는 배추김치와 돼지고기 또는 참치 등 넣어 끓이는 음식으로, 약간 신 김치 및 묵은지를 넣어야 더 맛이 있다. 김치전은 밀가루 반죽에 김치와 돼지고기를 잘게 다져 넣고 잘 섞은 뒤에 지져 내는 음식이다. 두부김치는 김치를 고기와 갖은양념을 넣고 볶은 뒤에 데운 두부를 곁들여 내는 음식이다.

김치볶음밥은 김치와 잘게 썬 갖은 채소와 고기 등 여러 가지 재료를 밥과 함께 볶아 내는 음식이다.

김칫국은 적당히 익어 새콤한 김치와 싱싱한 콩나물에 맑은 물이나 쌀뜨물을 넣고 소금으로 간하여 끓인 뒤 두부와 마늘, 파를 썰어 넣고 한소끔 끓이면 김칫국이 된다. 이때 굵은 멸치로 맛국물을 내어 사용해도 독특한 맛을 낼 수 있다. 김치김밥은 김치와 밥이 주재료이며 달걀, 깻잎, 햄, 게맛살 등의 재료들을 김으로 싸는 김밥의 한 종류이다.

대한민국에서는 강원도 고 냉지에서 자란 채소가

좋다고 말을 합니다. 다 자란 채소는 깨끗하게 씻은
다음에 소금으로 간을 해서 채소의 숨을 죽이고
양념해서 발효시켜 숙성되면 그야말로 맛이 있는 반찬
이 됩니다. 물론, 다른 반찬도 그렇게 하겠습니다마는
김치는 가지 수가 많고 그 맛 또한, 다른 게 김치입니
다. 막 담은 김치가 내 가슴에 불을 질러 놓고
그냥 가버릴 때가 한두 번이 아니었습니다.
입안이 매워서 비상이 걸립니다.
그렇게 해도 다시 찾게 되는 반찬이 바로 김치입니다.

그 이유는 김치 맛 때문이지요. 김장김치 열무김치
총각김치 파김치 무김치 종류가 하도 많아서 모두 셀
수가 없이 많습니다. 음식의 맛은 글로나 말로 과학을
모두 동원해도 그 맛을 표현할 수가 없다고
사람들은 말을 하고 있습니다. 움직이는 동물 중에서
사람처럼 많이 먹는 동물도 없을 것입니다.
그러나 과식보다는 소식 다 동이 건강에 좋다고
사람들은 말을 합니다. 우리는 먹고 싶어도
음식이 없어서 못 먹고 굶어 죽어가는
사람들을 위해서 가난한 사람과 음식이 없는
사람들에게 배려하는 차원에서도 절약하고
나누어 먹어야 하겠습니다.

차량이 연료가 없으면 갈 수가 없듯이

사람 또한 음식을 먹지 못하면 움직일 수가 없고

일도 할 수가 없습니다.

음식은 소중하게 감사하면서 절약하고

나누어 먹는 문화가 좋겠습니다.

내가 열정으로 최선을 다하여

지은 문학창작예술의 산문과 시는

내가 이 세상에 없으면

나의 빈자리를 채워주고 지키고 있을 것이다.

인생은 짧고 수필과 시는

이 세상에 오래 남아 있을 것이다. ♣

건강관리 정보

글쓰기는 치매 예방에 좋다.

몸을 움직이면 뇌가 젊어진다.

치아가 건강해야 뇌도 건강하다.

무엇을 먹느냐에 따라 뇌 기능이 달라진다.

일시적인 스트레스는 뇌 기능에 도움이 되지만

지속적인 스트레스는 뇌 기능을 손상시킬 수 있다.

잘 외우는 것보다 많이 떠 올리는 것이 좋다.

유산소 운동을 하지 않으면 치매 발병률이 높아진다.

숲으로 가는 길

The road to the forest

숲 향기를 즐겨요

나무를 보지 말고 숲을 보아요.

걸을수록 뇌는 젊어 진데요.

처음에는 내가 습관을 만들지만

나중에는 습관이 나를 만들어요.

숲에서 즐거움
Joy in the forest

사람들은 왜 **숲**을 좋아하면서 숲으로 깔까?

숲의 생명력과 조화로움은 우리를 말없이 위로한다.

우리에게 살랑살랑 불어오는 산들바람. **숲**에서 지은이는
자연과 대화한다. **숲**에서 수필을 쓰기 위해서 나의 체험
에다 생각이나 느낌, 문학 창조예술의 감정을 불어넣어야
문학으로서의 가치가 승화된다.

여기저기에 피어 있는 들꽃, 새들은 노래를 부르고 나비
들은 춤을 추면서 우리를 반갑게 맞이하는데 나는 풀 한
폭이라도 내 발로 밟을까 봐 조심하면서 **숲**을 향하여
한 걸음 한 걸음 천천히 걸어가면서 삶의 만족도를
느끼면서 좋은 삶을 찾아서 살아간다.

숲은 미세먼지가 흡수된 맑은 공기와 산소도 있어서
기적의 두뇌가 충전되는 청정의 공간이어서 좋아요.
몸을 움직여야 뇌가 젊어진다. 나무와 꽃, 새와 나비
동물들, 흐르는 맑은 물과 연못 **숲**은 만물로 아름답게
가득 채워져 있다. 생명의 기운이 넘쳐흐르는
숲은 누구에게나 물과 산소를 주면서 깊이 숨을 쉬게

하니 많은 관심도 가지고 **숲**이 울창하게 나무를 심고 적극적으로 보호 관리를 잘하여야 한다.

숲으로 접어들면 가장 먼저 우리를 깨우는 건 숲의 향기 피톤치드이다. 풍성한 그 향기는 나도 모르게 숨이 깊어지고 느려지면 우리 마음속에 평화가 가득 채워진다. 피곤하던 몸과 긴장했던 마음을 풀어주니 얼굴이 부드러워진다.

숲은 삭막한 도시에 맞춰졌던 몸의 리듬을 자연의 **숲**의 리듬으로 아름답게 바꾸어 준다. **숲**속에서 나는 깊은 호흡을 하고 관찰하면서 즐겁게 걸어간다. 새들이 지저귀고 꽃이 피어 있는 부드러운 흙 손톱만 한 씨앗이 안간힘으로 뿌리를 내리고 줄기를 올려 수십 년간 몹시 심한 추위와 찜통더위를 견디고 살아간다.
인간보다 더 강하게 자란 푸른 잎의 나무들이 수없이 많이 산소와 생명수를 인간에게 주면서 아름답게 살아가고 있으니 우리는 고마움을 느낀다. 소중한 기적의 두뇌가 내 인생을 이끌고 간다.

높은 산봉우리 좁은 바위틈에서 움직이지도 못하고 오직 한 곳에서 엄동설한에 또한, 찜통더위 속에서 목이 타는 고난 속에서도 생명수인 물을 사람이 주지 않아도 고난 속에서 견디어 내면서 하늘에서 내려주는 이슬과 빗물을 먹으면서 강하게 살아가는 소나무도 있다.

우리 인간은 이와는 비교할 수 없는
넓고 넓은 좋은 환경에서 마음대로 움직이면서
보고 말하고 먹고 싶은 것을 먹으면서 사람마다
서로 다른 인생길에서 다양한 삶을 살아가고 있다.
우리는 높고 넓은 세상에서 사람들과 함께 살아가고
있지만 푸른 숲은 우리에게 즐거움을 주니
숲에서 즐거움은 나는 마냥 행복하다.

인생의 길은 머나먼 나그네의 길
The way of life is the far way
우리가 걸어온 길은 또다시 걸어
갈 수가 없고 삶의 연습도 할 수 없는
오직 한 번의 인생을 누구나 살아가고 있다.

헛된 인생을 살지 않게 하소서
Don't let me live in vain
우리는 좋은 업적을 남기기 위해서 좋은 삶을
찾아서 열정으로 일을 즐겁게 하면서 아름답고
좋은 삶으로 알뜰하게 다 함께 살아가야 한다.
그러나 현대를 살아가는 사람들은, 물질의 풍요
속에서도 현실에 얽매여 웃음을 잃어가고 있다. 웃음은
우리의 마음을 즐겁게 한다. 그런데 웃을 일이 없다고 하거나
웃으려고 해도 잘 웃어지지 않는다고도 말을 한다.

성공한 사람들은 행복해서 웃는 것이 아니라
웃었더니 행복해지고 일도 잘된다고 하고
웃는 얼굴이 그의 인생을 바꾸었다고 한다.
아토피를 물리치고 우울증을 극복하고,
암과 싸워 이긴 사람들의 심금을 울리는 이야기
나의 진정한 행복은 무엇인가. 이제는 웃음을
찾아서 억지로라도 웃으면서 살아야 한다.

웃음 치료와 심리치료로 나를 치유하면서 살아가야 한다.
【웃음은 스트레스의 천적이기도 하다
쉬어도 쉰 것 같지가 않아, 피곤해 죽겠네, 한다.
온몸으로 웃다 보면 혈액순환이 잘 되어
굳어진 근육이 풀어지고 피로가 사라진다.
웃음은 좋은 감정이 증가 되므로
우리 몸의 기능을 활성화 시키고 극대화 시킨다.】
환경과 몸과 마음을 새롭게 하소서

인상을 바꾸는 웃음 smile man
사랑해, 고마워, 좋아해 입 꼬리 잡아서 올려보아요.
웃으면 약하나 줄어들고
한 번 화를 내면 약 하나 더 늘어난다.
인상을 펴면 인생이 바뀐다.
【 When you laugh, it decreases weakly
Once you get angry you get about one more. 】

나는 무엇을 원하는가?

순간의 결정이 새로운 운명을 창조하고 나를 움직이게 한다.
내 안에 깊이 잠든 거인을 깨워서 지금 변화시켜요.
기적의 두뇌, 두뇌의 엄청난 능력으로 진정 원하는 것을
얻는 방법은 감정을 조절해서 인생을 변화시켜야 한다.

나는 무엇을 남길 것인가?

탈무드에서는 쉬는 방법에 따라 인간이 변한다고 쓰여 있다.
그러므로 여행의 방법과 자세는 더욱 중요하리라 생각된
다. 니체의 진리는 호외[戶外]에서 착상된다고 했다.
칸트는 꼭 정한 시간에 혼자서 산책을 했다고 한다. ♣

서양 정신사에 영양을 준 도시 중에 셋을 들자면 아테네
예루살렘 플로렌스이다. 아테네는 지혜의 여신의 이름이
요 희랍 문명의 발상지이며, 예루살렘은 평화의 터전의
뜻이며 기독교 사상의 요람이요, 플로렌스는 이태리어로
꽃의 도시라는 이름이다. 도시르네상스의 꽃이 핀 곳이다.
이곳에서 조각과 그림을 중심으로 한 르네상의 미술
과 음악이 꽃을 피웠으며, 이들이 르네상스의 생명적
요소였다. 그리고 꽃의 도시 플로렌스만큼 많은 인물을
낳은 도시는 별로 없다. 단테, 레오나르도 다빈치,
미켈란젤로가 성장하거나 활약했다. ♣

극 락 조

"짜증 난다."라는 말도 "짜증이 나간다."라고
해석할 수 있는 행복의 프로가 된다.
"세상 어디에도 행복은 없지만, 누구의 가슴에도 행복은
있다."라는 말이 있다. 마음의 행복은 긍정적인
해석밖에 없다는 의미이다.

내 마음이 아름다우면 세상도 아름다워라

꽃이 꽃으로 다치는 일이나 다치게 하는 일이 없고
풀이 풀로 다치는 일이나 다치게 하는 일이 없다.
나무가 나무로 다치는 일이나 다치게 하는 일이 없듯이
사람도 사람에게 다치는 일이나 다치게 하는 일이 없었으면 좋겠다.

꽃의 얼굴이 서로 다르다고 해서 잘난 척 아니 하듯이
나무가 자리와 수형이 다르다 해서 다투는 일이 없다.
삶이 다르니 생각이 다르고 생각이 다르니 행동이 다르고
사람이 다른 것을 안다면 행동이 다르니 다툴 일이 없다.

사람이 꽃을 꺾으면 꽃향기가 나고
풀을 뜯으면 풀냄새가 있다.
이렇게 서로 다르듯이
사람의 의견은 서로 다를 뿐이지

서로가 틀린 것은 아닌데도
사람이 사람에게 상처를 입히면 마음이 아프다.
내가 먼저 배려하고 섬기고 사랑을 하면
내 마음이 아름다워지고 세상도 아름다워진다. ♣

생각 바꾸면 인생을 바꿀 수 있다

심리학자 윌리엄 제임스가 말하는

생각이 바뀌면 습관이 바뀌고

습관이 바뀌면 행동이 바뀌고

행동이 바뀌면 성격이 바뀌고

성격이 바뀌면 인격이 바뀌고

인격이 바뀌면 운명을 바꿀 수 있다.

말하자면,

행복을 생각하면 행복해지고

비참한 생각을 하면 비참해지고

병적인 생각을 하면 정말 아프고

실패를 생각하면 정말 실패한다. ♣

섬기는 사람이 큰 것을 얻는다

섬기는 사람이 큰 것을 얻는다.
위대한 사람은 언제나 순종할 준비가 되어있다.
자신의 지휘 능력은 나중에 언제든 증명할 수 있기
때문이다. 남을 섬기겠다는 자세를 가지면
괜한 자존심 때문에 대사(大事)를 망칠 일이 없다.
섬김의 자세는 겸손을 불러오고 겸손은 유용한 지식을
스펀지처럼 흡수하게 해준다.『 **항상 타인을 섬기겠다
는 자세로 살아가는 사람들이 최종 승자가 된다.
그러나 타인의 생각에 지배받지 말라.** 』

꽃들은 저마다 자기 나름의 빛깔과 모양과 향기를
지니고 있다. 꽃들은 다른 꽃들에 대해 신경을 쓰지
않는다. 다른 꽃들을 닮으려고도 하지 않는다.
사람에게는 저마다 자기 몫의 삶, 자기 그릇이 있다.
괴테는【 사람은 누구나 자신을 위해 스스로 개척한
길을 가야 한다. 그러니 헛된 소리에 현혹되거나
타인의 생각에 지배받지 말라. 기뻐하기 위해, 행복하
기 위해 타인의 허락을 받아야 하는 사람은 없다. 】
고 말했다.

타인을 제대로 이해하기 위해선 '이해하다'를 뜻하는
영어단어, 'Understand'의 진정한 의미는 다음과 같다.
즉, 그 사람의 밑(Under)에 서야(Stand) 진정으로
그 사람을 이해 (Understand) 할 수 있다는 것이다.
『 성격이 나를 바꾼다. 』상대방과 처지를 바꾸어

생각하라는 역지사지(易地思之)라는 한자성어와 유사한 의미가 있다. 저는 상당수의 갈등이 역지사지(易地思之)하고 상대방의 밑에 서서(Understand) 이해하려고 노력한다면 쉽게 해결될 수 있다고 확신한다. 만약, 갈등이 심각하다면 상대방의 입장에 서 보십시오!
그래도 이해가 안 되면 상대의 밑에 서 보세요!

측은지심과 인내심을 기르려면 누군가 의도적으로 자신을 괴롭히는 사람이 있어야 한다. 타인과의 갈등이 나를 지적으로 성장하게 하고 있다. 그런 사람은 측은지심과 인내심을 기를 수 있기 때문이다. 그런 사람은 우리 스승조차 해줄 수 없는 방법으로 우리의 내적인 힘을 단련시켜준다. 타인과 갈등 없는 세상은 존재하지 않습니다. 갈등이 두려워 회피하면 일시적 봉합은 되지만 더 큰 문제를 불러오게 됩니다. 사실 그 자체보다는 그에 대한 해석이 더 중요합니다. 갈등 역시 긍정적으로 해석하면 긍정의 결과를 가져옵니다. 달라이 라마는 갈등을 '적의 선물'이라고 말합니다.

타인을 성장시키지 않으면 반쪽 삶을 살 뿐이다
세계 최고 퍼포머들은 타인의 성장에 기꺼이 투자한다. 그들은 그라운드를 직접 뛰는 최고의 선수인 동시에 벤치에 앉아 타인을 응원하는 최고의 코치다.
타인을 성장시키지 않으면 반쪽 삶을 살 뿐이다.
조화로운 것들은 대부분 짝을 이루고 있다.
인생도 마찬가지다. 성공하는 인생에는 나
그리고 타인이라는 두 개의 바퀴가 장착되어 있다.

선생은 학생에게서 배우고 관객들로부터 자극을 받고
정신분석학자는 환자에 의해 치유됩니다.
주는 것은 받는 것보다 더 즐겁습니다.
참으로 줄 때 나에게로 되돌려지는 것을
받지 않을 수 없습니다. 남을 성장시키려는 노력은
성장과 성공으로 귀결됩니다.

타인을 행복하게 만드는 노력이 나를 행복하게 하고 있다.
끊임없이 서로 봉사하는 모습이 상호 간의 봉사 없이는
세계의 존재도 무의미한 것이다.
사람들이 자신을 사랑하는 것 이상으로
다른 사람들을 사랑할 때 비로소 당신의 행복이 실현된다.
자신의 행복을 위해서가 아닌 다른 사람의 행복을 위
한 생활만이 진정한 인생이라 할 수 있다. 자기를 사
랑하는 것보다 더 다른 사람을 사랑하게 된다면, 즉
혼자만의 행복을 구하려 하지 않고 다른 사람을 행복
하게 해주려는 노력을 계속하면 결국 내 인생의 행복
이 실현됩니다. 다른 사람의 행복을 위한 봉사활동이
나의 행복을 위한 필수 활동인 것이다.
『 스스로 행복하라 』♣

스위스 루체른 주택

행복과 성공으로 인도

행복과 성공이라는 두 마리 토끼를 잡고 싶어 하는 우리에게 자신의 분야에서 성공적 삶을 살았거나 살아가는 세계 명사들이 남긴 명언과 명문에 에세이[essay]를 덧붙여 삶의 지혜와 세상에 대한 통찰로 행복한 성공으로 나아가도록 인도하고 있다.

세계적으로 큰 성공으로 거둔 저명인사들의 강연, 연설, 전기[傳記]등에서 발췌한 명언들을 비롯하여 인문, 철학, 문학, 종교, 예술, 경영, 자기계발 등 다양한 분야에서 칭송을 받아온 역사적 인물들의 저서에서 핵심 구절만을 엄선하여 담았다. 저자는 현대인이 지향해야 할 삶의 태도와 마음에 꼭 새겨야 할 가치를 제시한다.

21세기를 살아간다면 막연한 기대나 단순한 노력만으로는 행복한 삶에 이를 수 없다. 체계적인 전략의 수립과 실행으로 인생을 경영해야만 가능하다.
『청소년을 위한 행복 에너지』를 통해 대한민국의 미래를 책임질 청소년들이 자신의 가치가 얼마나 큰지를 깨닫고 어떠한 꿈을 안고 살아가야 하는가를 깨닫기를 기대 한다. 삶을 살아가며 다른 이의 행복을 위해 우리가 투자하는 시간은 얼마나 될까. 그것도 가족이나 친구가 아닌 말 그대로의 '타인'이라면 말이다. 어차피 해야 할 공부라면 남들과 함께 나누자는 소박한 생각으로 저자는 하루도 쉬지 않고 메일을 전송했다.
아인슈타인은 "나는 하루에 100번씩 자신에게 되뇐다.

나의 정신적, 물질적 생활은 타인의 노동 위에서 이루어졌다."라고 말합니다. 우리는 다른 사람들의 행동으로 말미암아 이 세상에 나왔고,
다른 사람들을 의지하며 살아가고, 원하든 원치 않든 다른 사람의 이점을 받지 않고 살아가는 때는 한순간도 없으므로 우리의 행복은 타인과의 관계에서 나올 수밖에 없습니다. 그 작은 단 한 번의 시도 성공한 사람과 그렇지 못한 사람의 차이는 작다. 성공하기 위해서 100번을 시도해야 한다면 실패한 사람은 99번 시도하고 말지만 성공한 사람은 한 번 더 도전한다. 그 한 번의 차이가 성공과 실패를 구분하고, 그 한 번의 차이가 고급과 저급을 구별하며, 그 1점의 차이가 시험에서 당락을 좌우한다.

남들이 할 만큼 했다고 포기할 때 성공한 사람들은 한 번 더 몸을 던집니다. 발명왕 토마스 에디슨도 "인생에서 실패하는 대부분의 경우는, 그들이 포기한 바로 그 순간 그들이 성공에 얼마나 근접했는지를 깨닫지 못했기 때문이다."라고 같은 맥락의 말을 했습니다.

배우는 자의 3가지 병통
배우는 사람에게 큰 병통 세 가지가 있다.
첫째, 기억이 빠른 점이다.
척척 외우는 사람은 아무래도 공부를
건성건성 하는 폐단이 있단다.

둘째, 글짓기가 날랜 점이다. 날래게 글을 지으면 아무

래도 글이 가벼워지는 폐단이 있단다.

셋째, 이해가 빠른 점이다.

이해가 빨라 의문을 제기하지 않고 쏙쏙 받아들이면
아무래도 앎이 거칠게 되는 폐단이 있단다.

- 다산 정약용, '풀어쓰는 다산 이야기'에서 삶을
아름답게 가꾸기 위해, 행복에 다가서기 위해
가장 필요한 것은 열정입니다.

행복한 삶에 다다르기 위해서는 노력과 열정이 필요하
지만 선지자들의 말씀을 통해 조금은 수월하게 이룰
수 있다. 꿈! 도전! 열정! 우리 자녀들이 자라나면서
반드시 갖춰야 할 삶의 태도가 이 한 권에 있었다. 청
소년은 물론 부모님들도 꼭 행복한 경영이야기 시리즈
를 읽어보시길 권합니다. 행복한 삶에 다다르기 위해
서는 노력과 열정이 필요하겠지만 선지자들의 말씀을
통해 조금은 수월하게 이룰 수 있습니다. 그래서 우리
가 꼭 행복한 경영 이야기를 읽어야 하는 까닭입니다.

청소년 때는 그 어느 시기보다 에너지가 많습니다.
자신이 진짜 원하는 일을 하는 것은 물론 틈틈이 행복
한 경영이야기를 읽는다면 어엿한 사회인이 되는 길에
든든한 동반자를 얻을 수 있습니다.

꿈! 도전! 열정! 우리 자녀들이 자라나면서 반드시 갖
춰야 할 삶의 태도가 이 한 권에 모두 들어 있었습니
다. 청소년은 물론 부모님들도 꼭 행복한 경영 이야기
시리즈를 읽어보시길 권합니다. ♣

깃털 장식 특 새

좋게 생각하자. 그것이 자신을 즐겁게 바라보며

세상을 긍정적으로 보게 하는 유머의 힘이다.

그리고 웃자. 하 ~ 하 ~ 하!

웃으면 행복이 저절로 샘솟는다는

속설을 믿고 실천하는 착한 사람이 되자.

자신의 축복은 자신이 만든 것이다

나는 자신의 축복은 자신이 만든 것이다.
자신이 성공할 수 있다고, 자신이 열망하는 그 어떤
것 도 이룰 수 있다고 믿기만 하면 된다. 나는 즐거운
마음으로 일을 한다. 그러면 그것을 얻을 수 있다. 실
패는 크고 높이 나아가는 디딤돌이다. 나는 오늘 하루
도 "감사합니다. 저는 복 받은 사람입니다."라고 말하
지 않고 지나가는 날이 없었다고 고백합니다.
원대한 꿈을 안고, 그 꿈은 반드시 실현될 거라는
강한 믿음을 가지고 좋든 싫든 주어진 모든 것에 진심
으로 감사하면서 오랫동안 꾸준히 즐겁게 일하다 보면
누구나 원하는 바를 얻을 수 있다고 믿습니다.

나의 유일한 경쟁자는 나 자신이다. 이 세상에는
세 가지의 싸움이 있다. 그중 하나는 사람과 자연의
싸움이고, 또 하나는 사람과 사람의 싸움이며
마지막 하나는 나와 싸움이다.
이 중에서 가장 힘든 싸움이 나와 싸움이다.
"인생은 경쟁이다. 진짜 중요한 건 자기와의 싸움이다.
평생을 내가 경쟁상대라고 생각하고 살아간다."
악전고투를 개인적인 성장의 기회로 생각한다.
투쟁과 고투는 역경을 이겨내고 참된 성공을 향해
나아가도록 하는 과정이다.

스스로 옳다는 확신만 있으면 온 세상이 반대하고
주위의 사람들이 나의 판단에 의문을 제기하여
힘들어도 흔들리지 않고 담대하게 살아간다.
평안한 파도는 위대한 뱃사공을 만들 수 없다.
고통과 역경이 클수록 더 큰 성장의 기회가 될 수 있다.
"우리의 강점은 우리의 약점으로부터 나오고 있다.
그리고 찔리고 쏘이고 아프게 상처를 받아야 비로소
비밀 병기로 무장한 강력한 의분이 솟는다."

실수를 고백하면 존경을 받는다
저는 실패도 나눕니다. 자신의 실수나 실패를
말하지 않고 나누지 않는 지도자는 최악입니다.
실패를 나누면 존경받는다.
실수를 말하면 존경받지 못하게 될 거 같다고요?
그렇지 않습니다. 사람들은 오히려 당신을 더 존경하
게 됩니다. '실패를 많이 나누었으니까 당신이 바로 나
의 보스'라고 할 겁니다. 흔히들 무결점처럼 보일수록
직원들이 나를 더 신뢰할 거라 착각합니다.

그러나 반대로 리더가 실수를 고백하고, 잘못을 사과
하고, 미안하다는 말을 자주 건넬 때 직원들은 더 친
밀감을 느끼고 리더를 더 신뢰하고 존경하게 됩니다.
현명한 사람일수록 자신의 실수와
실패를 적극적으로 공개할 줄 압니다.

타인의 행복을 바라보며 기도하는 우리 인간입니다.
인간이라는 존재는 아무리 이기적이라고
간주하더라도 타고난 성질 중에는 타인을
신경 쓰지 않고는 못 배기는 기능이 있다.
인간은 타인의 행복을 바라보는 즐거움 외에
아무런 이득이 없는데도 타인의 행복을
자신에게 없어서는 안 되는 것으로
생각하고 살아가고 있다.

타인의 불행을 보고
불행한 상황을 생생히
들어서 알았을 때 느끼는
연민과 동정도 그와 같은 것이다.
공감하는 동물인 인간은 타인이 행복해하는
모습을 바라보며 자신도 기쁨을 느낀다.
반대로 괴로워하는 타인을 발견하면
자신의 마음도 편치 않게 되는 것이 우리 인간이다.
자신의 축복은 자신이 만든 것이다. ♧

★ 말대꾸하는 사람 이기는 법

아랫사람의 말대꾸 습관은 초기에 잡아야 한다. 할 말이 있는데
나 좀 보자. 이때 톤을 높이거나 말을 빨리하면 상대방이 나를 미
워하는구나. 라고 해석해 반발을 살 수가 있다. 말을 길게 하거나
말대꾸 내용으로 시비를 벌이지 말고, 나는 윗사람에게 그런 식으
로 말하는 것을 싫어한다. 라고 말대꾸 자체를 문제 삼아야 좋다.

혁신은 과거의 편안함에서 벗어나는 것.

혁신은 과거의 편안함에서 벗어나는 것이다.
혁신과 새로움은 필연적으로 오해, 저항, 비판이 있다.
손가락질받을 가능성도 있다.
이런 비판에서 남들이 어떻게 생각할까?
하는 의식에서 해방되지 못한다면
현재 수준을 넘어설 수 없다.

혁신은 가죽을 벗기는 아픔을 감수하는 것
혁신(革新)의 혁(革)은 갓 벗겨낸 가죽(皮)을
새롭게 만든 가죽(革)을 말하는 것으로
면모를 일신한다는 것을 가지고 있다.
즉 혁신은 경쟁우위를 창출하거나 잠재적인 위기를
돌파하고 역량을 구비 하기 위해 기존의 것을
새롭게 바꾸거나 고치는 것을 뜻한다.

혁신은 가죽을 벗기는 아픔을 이겨내야 한다는 뜻도
동시에 내포하고 있다. 조직의 생존과 번영을 위해서
는 가죽을 벗기는 과정(혁신)이 영원히 계속되어야 한
다는 점을 우리는 엄숙히 받아들여야 하고 혁신을 멈
춘다는 것은 사망과 같다. 가죽을 벗기는 아픔을 감수
하면서 기꺼이 새로움을 추구하는 즉 혁신을 즐기는
생명체만이 진정한 강자가 될 수 있다.

매일 아침 눈뜨는 순간 혁신을 생각하라.
어떤 기업이든 현재의 영광에 안주해서는 안 되고

여러분도 아침에 눈을 뜨는 순간부터 긴장해야 하고.
그래서 나는 리더의 지위를 이용하여 회사 전체에 위기감을 조성했다. 그런데 위기란 한 번으로 끝나는 것이 아니라, 우리 같은 경우에는 그때와 같은 위기가
3 - 4년에 한 번꼴로 반복된다.
1년 안에 우리도 망할 수 있다.

매일 아침 눈뜨는 순간 혁신을 생각해야 하는 이유다.
성공하는 개인과 기업, 특히 장기적으로 성공하는 조직들의 공통점은 잘 나갈 때 위기의식을 갖고 또다시 변화와 혁신에 도전하는 습관이라 할 수 있다. 이는 동양의 전통적 진리인 일신우일신과 일맥상통하는 동서고금을 떠난 진리라 하겠습니다.

약점이 혁신과 창조의 완벽한 원동력이다.
약점이 없다면 혁신 가능성은 제로에 가깝다.
약점이 있는 사람이 인간적이다. 약점이 발견될 때 비로소 개선의 의지가 생겨난다. 약점은 발전을 위한 필수요소이다. 약점을 드러내는 것을 두려워할 필요가 없다. 항상 평화로운 세상이라면 혁신이 일어나지 않는다.
보통 사람은 평화와 안정을 희구합니다.

평화와 안정 속에선 혁신은 없다.
혁신 부재는 곧 쇠퇴와 소멸을 의미한다.
위대한 리더는 평안과 안정을 두려워한다.
그들은 스스로 역경과 고난, 불안을 선택한다.

혁신과 새로움은 필연적으로 저항과 비판을 부른다. 비판받지 않을 것이라고 믿는 것은 매우 순진한 생각이다. 비판은 인생의 일부분일 뿐이고, 비판을 받아들여야 한다. 내가 사람들에게 말하고 싶은 한 가지는 만약 당신이 무엇인가 새로운 것 또는 혁신적인 일을 하려면 기꺼이 사람들에게 오해받을 준비를 해야 한다는 것이다.

오해받을 생각이 없다면 영원히 새로운 것이나 혁신을 할 수 없다. 실패하지 않으면 충분히 혁신적이지 않다는 뜻이다. 우리는 실패를 감수하고 배우는 게 아니라 실패 덕분에 성공하고 장기적인 성공을 향해 가는 과정에서 발생하는 단기적인 실패는 오히려 장려할만한 일이다. 단기에 실패하지 않으면 충분히 혁신적이지 않다는 뜻이다. 실패를 인정할 뿐 아니라, 장려해야 하고 실패야말로 더 잘하기 위한 훈련이 될 수 있기 때문이다.

현재를 뛰어넘기 위해서는 다양한 시도를 해야 하고. 다양한 시도에서 실패 없이는 새로운 창조나 도약은 불가능하다. 실무진에 실패할 수 있는 권한을 부여하고, 더 빨리 더 작게 실패하도록 장려하는 기업, 실패를 통해 배우는 기업이 미래의 주인이 됩니다. 예를 들어 아랫사람의 말대꾸 습관은 초기에 고치도록 잡아야 한다. 길게 말하거나 시비를 걸지 말고, 나는 윗사람에게 그런 식으로 말하는 것을 싫어한다. 라고 말대꾸 자체를 고치도록 하여야 한다. ♧

하루 30분 걸으면
몸에 나타나는 놀라운 변화 10가지.

https://blog.naver.com/deilsoo/222025211212

1. 치매가 예방된다. 발을 내딛는 거리는 뇌의 앞부분이 계산하고 그때 필요한 근육의 강도는 뇌의 중간 부분이 결정한다. 이런 이유로 30분 걷는 사람은 그렇지 않은 사람에 비해 치매에 걸릴 확률이 44%나 더 낮은 것으로 나타났다.

2. 근육이 생긴다. 특정 부위를 운동하게 되면 그 부위의 근육이 발달하게 되는 건 당연한 이치다. 이러한 이유로 걷기를 하면 하체가 발달하고 근육이 발달 돼 튼튼한 다리를 얻을 수 있다.

3. 심장이 좋아지고 혈압을 낮춰 준다. 영국의 한 통계에 따르면 30분 걷는 것만으로 심장마비의 37%를 예방할 수 있다고 한다. 심장질환의 회복기에 있는 환자에게 걷기는 약해진 심장 기능을 되살리는 큰 도움을 받는다.

4. 소화 기관이 좋아진다. 30분 걷는 것으로 식욕을 올리고 소화력을 증가시켜주는 효과를 볼 수 있다. 평소 조금만 먹어도 배가 더부룩하고 소화가 잘 안 된다면 걷기 운동만으로 이를 개선할 수 있다.

5. 기분이 상쾌해진다. 30분 걷는 것만으로 스트레스 해소와 정신적 안정과 수면을 할 수 있다.

6. 녹내장이 예방된다. 시신경은 한번 손상되면 회복이 어려우므로 일상 속 안압을 높이는 행동은 자제해야 한다. 하지만 30분 걷기 운동만으로 녹내장을 예방할 수 있다.

7. 체중을 관리할 수 있다. 달리기와 걷기 중 체중감량 효과가 더 큰 것은 '걷기'다. 물론 달리기를 하는 것이 체지방 연소가 더 잘 되지만 달리기를 하면 몸에서 젖산 물질이 분비돼 금방 피로해진다. 이에 반해 걷기는 체지방 연소가 천천히 되고 젖산 분비가 적어 오래 운동할 수 있는 체력을 단련하고 있다.

8. 뼈를 강화하고 있다. 30분 걸으면 뼈까지 강화되는 효과를 얻을 수 있다. 평소 걷는 습관이 뼈를 튼튼하게 해주며 아이들의 성장과 노인들의 골절과 같은 위험에서 벗어나게 하고 있다.

9. 당뇨병 위험을 낮춰 주고 있다. 당뇨병 환자는 꾸준히 걷는 것만으로도 충분한 효과가 있다. 걷기 운동을 하면 말초 조직의 순환 혈류량이 증가 될 뿐 아니라 근육과 지방 세포의 인슐린 작용이 활발해져 당뇨병 상태를 개선하는 효과를 볼 수 있다.

10. 폐가 건강해진다. 30분 걷는 것만으로도 폐 기능을 증가시키고 고혈압 예방, 면역력 증진의 효과까지 얻을 수 있다.

[출처] 하루 30분 걸으면 몸에 나타나는 놀라운 변화 10가지.|작성자 초록 즙 건강원

독일 하숙집 여주인의 충고

지겹게도 떨어지지 않는 것이 요즘 양말인데
그 양말이 뚫어져 꿰맸다고 하니 어지간한 노릇이 아닌가?
살 만큼 사는 사람이 말이다.
젊은 시절 그는 독일로 유학 갔다.
그는 그곳에서 4년을 보냈다.
부유한 집안의 아들이었던 그는 유학 생활 중에도
경제적으로 별다른 어려움을 겪지 않았다.
이윽고 귀국할 날이 되었다. 하숙집 주인아주머니가
떠나는 그에게 상자 하나를 건네주며 이렇게 말했다.

【선물이에요. 절대로 풀어보지 마세요.
 집에 도착하기 전까지는 말이에요.】 뜻하지 않는
선물을 받은 그는 감사한 마음으로 그녀의 당부를 지
켜 집에 돌아와서야 궁금한 마음으로 포장을 뜯었다.
"아니?" 친구는 깜짝 놀라고 말았다. 상자 속에 든 것
은 그가 하숙집에서 신다 버린 양말이었다.
그것도 뚫어진 곳을 정성스럽게 꿰맨. 4년 동안 그는
양말이 뚫리면 곧바로 쓰레기통에 쑤셔 넣었는데
주인집 아주머니는 쓰레기통을 치우면서 보는 대로
뚫린 양말을 주워서는 깨끗이 빨아 꿰맨 후 잘 챙겨
두었다가 선물로 준 것이다.
상자 속에는 또 편지 한 장이 들어 있었는데
그 내용이 가슴을 뜨끔하게 했다.

【 당신네 나라가 얼마나 부유한지는 모르겠지만
이렇게 신을 수 있는 양말까지 그냥 버리는 행동은
이해하기 힘들군요. 】 친구는 부끄러운 생각에 한동안
멍하니 앉아있었다. 그동안 자신의 행동이 너무
무책임했다는 사실을 절실히 깨달았다.
좀 잘 산다고 못사는 사람들에게 저질렀던 무책임함을
그 아주머니로부터 통렬하게 추궁당한 느낌이었다.
그는 독일 아주머니의 교훈으로 그 후부터는
양말을 신을 수 없을 정도까지 신었다. ♣

등산 [mountain climbing, 登山]

레저·스포츠로서의 등산은 심신을 단련하고
즐거움을 찾고자 하는 행위 중 하나로서
숲 속의 맑은 공기를 마실 수 있다는 점에서
건강에도 긍정적 효과를 누릴 수 있는 대표적인
유산소 운동이다. 청소년들에게 모험심과 성취감을
맛보게 함으로써 인내심을 기를 수 있게 해 준다. ♣

숲으로 가는 길 강 나 루

"물처럼 정치하라" 만물을 이롭게 하면서도 다투지 않는
것(不爭)이 물의 특성이지요. 사람들은 낮은 곳에 처하
길 싫어하는데 물은 낮은 곳으로 가기를 꺼리지 않아요.
낮은 곳으로 더 낮은 곳으로 다툼이 생길 일이 없지요

이성적인 삶의 지혜

스피노자는 인간의 행복과 자유를
이성에서 찾아내려 노력했습니다.

이성적인 삶이란
합리적인 사고로 자신의 행동에
책임질 수 있는 삶의 방식입니다.
그것은 곧 삶의 지혜가 됩니다.

철학이란 결국 사람이 어떻게 하면
만족스러운 인생을 살 수 있는지
연구하는 학문입니다.

자유주의자 스피노자는
지혜롭게 삶의 난관을 넘어갈 수 있는
다양한 방법에 대해 말했습니다. ♣

스승의 열정

미국 최고의 아동교육 전문가였던 존 듀이.
90세가 넘은 어느 날 제자들이 존 듀이에게 말했다.

"스승님, 이제 휴식하세요."
그러자 듀이가 대답했다.

"산 정상에 오르면 또 다른 정상이 보인다네.
만일 바라볼 산봉우리가 보이지 않는다면
내 인생은 끝난 것이나 다름없지.

하지만 감사하게도
내 눈앞에는 끝없는 산봉우리가 펼쳐져 있네."

꿈꾸는 자는 미래를 들여다보며 희망을 보고,
꿈꾸지 않는 자는 그저 미래만 바라볼 뿐이다.

희망은 비전과 행동으로 연결되지만,
미래는 그저 미래로만 남아 있게 된다. ♧

설탕

소금이 설탕에게 말했다.

"넌 튼튼한 이를 썩게 만들고
비만과 당뇨의 앞잡이야!"

그러자 설탕 왈
"근데 너 개미 모아본 적 있어?"

소금도 설탕도 이 세상에 필요한 존재이다.
서로 없으면 안 되는 존재이고,
서로가 최고인데 웬 비교란 말인가?

세상엔 설탕 같은 사람이 있다.
그리고 소금 같은 사람도 있다.

모두가 최고이며 주인공이다.
그렇게 바라보면서 살았으면 좋겠다. ♧

장미와 호박꽃

늘 아름다움을 뽐내던 장미꽃이
호박꽃에게 말했다.

"야, 호박! 호박꽃도 꽃이냐?"
그러자 호박꽃이 대꾸했다.

"야, 그러는 넌 호박이라도 열리냐?"

호박꽃과 장미꽃은
비교의 대상이 아니라
즐김의 대상이다.
그냥 있는 그대로 볼 수 있으면
얼마나 좋을까?

우리 인생은
즐김의 대상일까?
비교의 대상일까?
당연한 이야기지만,
비교하지만 않으면
즐겁게 사는 인생이다.
한마디로 이너프(Enough)이다 ♣

핵무기보다 강한 애국심

이스라엘이 아랍권의 13개국과 전쟁을 선포했다.
당시 이스라엘 국방장관이었던
다얀 장군은 이런 성명을 발표했다.

"지금 이스라엘 군대는 막강한 최신 무기로 무장을
완료했다. 이 최신 무기는 이스라엘 전국에 긴급
배치된바 우리는 이 무기를 사용하여
아랍연합국을 몇 시간 내에 물리치게 될 것이다"

수많은 국가정보기관이 이 신무기의 정체를
파악하려 애썼지만, 찾아낼 수 없는 가운데
이스라엘은 엿새 만에 전쟁을 승리로 이끌었다.
그리고 다얀 국방장관이 전쟁 종료 성명을 발표했다.

"우리는 단 세 시간 만에 승리를 확신했다.
그것은 최신 무기인 "불타는 애국심" 덕분이었다.
이 애국심을 활용해 우리는 단시일에 적군을 물리쳤다."
땅의 크기에서 밀린다면, 생각의 크기로 맞서야 한다.

생각의 크기에도 밀린다면
사랑의 힘으로 물리쳐야 한다.
자신을 사랑하든 나라를 사랑하든
사랑하면 힘이 세진다.

그래서 내 아내는 나보다 힘이 세다. 훨씬~~

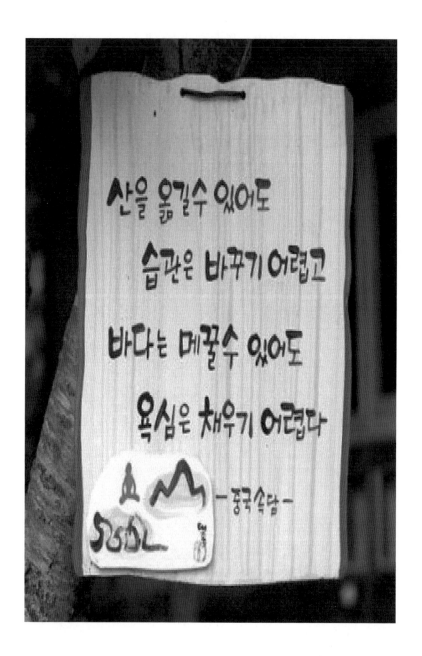

토끼와 거북이

일본의 한 여류작가 네덜란드를 방문했다.
그녀는 어느 작은 초등학교에서 강연을 해
달라는 요청을 받고 "토끼와 거북이" 이야기를 했다.
거북이보다 훨씬 빨리 달 수 있는 토끼가 자만과
나태 때문에 느림보 거북이에게 지고 말았다는
유명한 우화였다. 꼬마들은 눈을 반짝이며
그녀의 이야기에 열심히
귀를 기울였다.

이야기가 끝나자 한 학생이 고사리 같은
손을 높이 치켜들며 질문했다.
"왜 거북이는 잘 달리는 토끼를 깨워서
같이 가지 않고 혼자서만 갔다는 말인가?
깨워서 같이 갈 수도 있지 않았는가?
어떻게 변명을 해야 티 없는 동심을
납득시킬 수 있을지 막연하기만 했다.
여류작가는 그만 말문이 막히고 말았다.
그녀는 그만 당황하고 말았다.
그리고 끝내 아무 말도 할 수 없었다. ♣

사랑이란

이런 유머가 있다. 세상에서 가장 쉬운 것은?
"남녀가 서로 사랑에 빠지는 것"

세상에서 가장 어려운 것은?
"사랑했다는 이유로 서로 60년 넘게 살아줘야 하는 것."

부부는 서로의 약점을 찾으라고 보낸 스파이가 아니라,
서로의 아픈 부분을 덮어주는 파트너라고 한다.

한 침대와 한 밥상을 쓰는 사람의 마음을
먼저 잡는 것이 행복과 성공의 시작이라고 한다.

따뜻한 마음으로 덮어주고
안아주지 않으면 내 편이 아니라 남이 된다. ♧

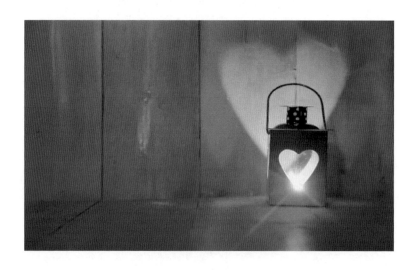

착한 아빠

자녀를 6명이나 둔 아버지가
오랜만에 아이들과 놀면서 물었다.
"항상 엄마 말을 잘 들어야 해요."

그런데 우리 집에서
엄마 말을 제일 잘 듣는 사람이 누구지?"
그러자 아이들이 이구동성으로 대답했다.
"아빠요."

아내 말을 잘 들으니 대화가 잘될 것이고,
대화가 잘 통하니 마음이 통하고
몸까지 통하게 된다.

부부는 서로 귀를 열고
서로에게 배워야 한다.
그래서 상대를 말할 때
「배우자」라고 한다.
잘 들어야 배웁니다. ♧

카토의 인생 철학

로마의 정치가 카토는
80세가 되었을 때 그리스어를 배우기 시작했다.

그러자 그의 친구들은 카토를 놀리며 말했다.
"아니, 그 나이에 왜 그렇게 어려운
그리스어를 배우나?"

카토가 대답했다.
"응, 오늘이 내게 남은 날 중에서
가장 젊은 날이라 시작 했네"
오늘이 내 인생에서 가장 어린 날,

젊은 날이라는 생각을 할 수 있다면
오늘이 행복해지기 위한
최고의 날임을 알게 된다.

세상 어떤 달력에도 "나중에"라는 날은 없다.
오늘 우리 인생에서 최고로 젊은 날을 즐기자. ♣

스피노자 그는 누구인가?

네덜란드 철학자. 그의 자유주의 사상 때문에 유태 교회에서 파문당했습니다. 인간에게는 신이 내린 인생의 목적이 있다는 종교의 가르침이 오히려 진정한 삶을 소멸시킬지도 모른다고 주장했기 때문입니다. 최상의 목적을 이루지 못한 지금의 삶은 열등한가? 미완성인가? 하는 의문을 가진 스피노자 [1632~1677]는 위와 같은 편견을 교정해서 삶을 긍정하게 만든 철학자입니다

반면 유신론자들에게는 "신을 모독한 저주받을 무신론자"로 비난받아야 했고 그 때문에 처절한 고독과 빈곤 속에서 과로로 인한 폐병을 앓다가 44를 일기로 일찍 삶을 마감했습니다. 삶은 살기 위해 만들어진 것이며 삶의 주인은 인간의 이성이라는 스피노자의 사상으로부터 우리는 이성적 사고의 지혜를 배울 수 있습니다.

오만함을 버려라. 능력이 떨어지는 사람일수록 자신의 능력을 지나치게 과대평가하고, 능력이 출중한 사람은 자신의 능력을 과소평가하는 경향이 있습니다. 일을 못하는 사람이 자신의 능력을 실제보다 높게 잡고는 잘하는 사람은 자신의 상황을 엄격한 시각으로 평가하기 때문에 자신을 과신하기보다는 부족함에 초점을 맞춥니다. 자만심은 함정에 빠지기 쉽게 만드는 법. ♣

아름답고 싱싱한 청포도

검은물잠자리

기억력 좋아지는 생활 습관

단어 하나로 공감각적인 상상을 펴라
불필요한 단어까지 무조건 외우기보다는
꼭 필요한 단어를 집중적으로 외우는 것이
기억력을 증가시킨다.
특히 위치를 기억할 때는 지도상의 위치를
생각하고 그림이나 표를 추상적으로 이미지화한다.
단어만 외우는 것보다 시각과 상상력을 통한
이미지가 기억에 오래 기억에 남는다.

몸에 좋은 식품 보리를 섭취하라
된장과 청국장은 레시틴이 풍부해
두뇌 발달을 돕는 식품으로 알고 있지만
보리는 건강식품으로만 알고 있는 경우가 많다.
보리에는 뇌의 에너지원이 되는 당질이 풍부해 두뇌
회전을 빠르게 하고 학습 능력을 업그레이드 해준다.

음악으로 신경 세포를 자극하라
피아노를 연주하면 우뇌 피질을 자극하고,
대뇌 운동을 활발하게 해줘 기억력이 좋아지고
학습 능력이 향상된다.
피아노뿐만 아니라 뇌의 신경을 자극하는
클래식이나 타악기 연주를 듣는 것도 좋은 방법이다.

등 푸른 생선을 규칙적으로 섭취하라
등 푸른 생선에는 뇌의 형성을 돕는 DIA와
오메가 지방산이 풍부해 뇌의 기능이 좋아진다.
규칙적인 식사 또한 균형 잡힌 영양을
섭취할 수 있어 뇌의 발달을 돕는다.

감자와 고구마를 즐겨 먹어라
감자와 전분의 비타민은 과일과 달리 전분으로
있기에 찌거나 삶아도 영양 손실이 없다.
특히 당질, 비타민이 풍부해 두뇌에 충분한 영양소를
공급함으로써 기억력이나 학습 능력을 증가시킨다.
반찬으로 만들어도 좋지만 찌거나 삶으면
식사 대용으로 먹는다.

사고의 연결고리를 최대한 활용하라
독서 할 때 앞뒤의 내용을 연결해야 이야기의
실마리가 풀리고 내용을 이해하는 데 어려움이 없다.
이 과정에서 지난 기억을 떠올리고
현재의 시각적 정보를 첨가하면서
뇌의 활동은 좋다.

휴대폰 알람을 이용하라
꼭 해야 할 일을 잊어버릴 것 같다면
단기 기억을 증진 시키는 연상 법을 활용하는 것이 좋다.

예를 들어, 하루의 스케줄을 미리 체크 한 뒤 중요한
일해야 할 시간에는 휴대폰 알람으로 그 일을
상기시키거나 예약 메시지를 발송하면 중요한 일을
잊어버리는 경우가 있다. 충분한 수면을 하라
수면을 제대로 취하지 못하면
뇌의 기능이 떨어져 기억력이 감소 된다.

낮과 밤을 바꿔 생활하는 사람도 마찬가지
신체 리듬이 정상적으로 활동하지 못해
집중력이 떨어진다. 기억력 향상을 위해서는
충분한 숙면과 규칙적인 생활 습관을
유지하는 것이 좋다.

즐겁게 운동을 시작하라. 규칙적으로 운동하면
뇌에 산소와 영양분 공급이 활발하게 이뤄져
기억력이 좋아진다. 반면에 우울한 기분으로
운동한다면 여성 호르몬이 결핍되어
뇌의 활동을 감소시킨다.
운동할 때는 즐거운 마음으로 운동 시간이
길지 않더라도 매일 꾸준하게 땀을 흘리는 것이 좋다.

상징적인 단서를 활용하라. 중요한 일을 자주
잊어버리는 사람이라면 항상 가지고 다니는
소품을 이용하는 것도 좋은 방법 꼭 기억할 일을

레터링 한 뒤 리본으로
가죽 핸들 부분에 연결하면 수시로
체크 할 수 있어 할 일을 잊어버리지 않는다.

금주와 금연을 습관화하라.
술을 마시면 산소 공급이 원활하게 이뤄지지 않아
뇌의 기능이 떨어진다.
한두 잔은 기분을 좋게 만들지만
과음하면
집중력과 기억력이 저하된다.
또 혈류의 흐름을 막는 니코틴 성분이 들어 있는
담배 역시 금지 품목 1호 금주와 금연을 생활화하는
것이 좋다. 사과 깎기로 두뇌를 발달시켜라.

사과를 깎으면 머리가 좋아 진다?
사과 껍질을 벗기는 과정에서 칼을 제어하고
껍질의 두께를 일정하게 유지하는 등
복잡한 생각을 하게 된다.
따라서 여러 가지 생각과 동작이 동시에 이뤄져
뇌의 운동이 활발해지고
집중력이나 기억력이 증가한다. ♧

[출처] 기억력 좋아지는 생활 습관 |작성자 임 영 미

어른의 뇌도 새로운 뇌세포를 만들 수 있다

냉정은 달이고 관심은 별이고 사랑은 태양이다

전자파 피避하는 작은 습관習慣

https://blog.naver.com/ly1104/221668733630

▶ TV 옆에 활엽수를 놓는다.

TV의 전자파는 화면의 크기에 비례해서 방출된다.

주변에 잎이 많은 식물이나 수분 함량이 많은

식물을 놓아두면 전자파를 흡수한다.

▶형광등보다 백열등이 안전하다

백열등이 형광등보다 전자파가 훨씬 적게 나온다.

스탠드를 둘 때에는 머리맡보다 다리 쪽에 두고

부득이 할 경우25cm 이상 간격을 유지한다.

▶ 콘센트를 멀리하라

두꺼운 콘크리트 벽이라 할지라도 그 속에 전선이 들어가

있으면 전류가 흐르고 전자파가 생겨난다. 잠은 가능한 한

전선이나 콘센트가 있는 벽에서 멀리 떨어진 곳에서 자라.

▶ 시간과 거리에 신경을 쓴다.

전자파는 거리가 멀어짐에 따라 영향력이 감소하기 때문에

안전거리 유지가 중요하다. TV는 최소 2m 이상 떨어진

거리에서 보고 전자파 발생 수치가 높은 제품은 가급적

짧은 시간 동안만 이용 한다.

▶ 미역국, 멸치 국물을 많이 먹는다.

전자파에 노출되면 우리 몸은 많은 양의 칼슘을 소모 시키며 유해

산소의 활동이 활발해진다. 멸치는 칼슘을 보강하는 데 효과적이며

미역국이나 인삼차는 유해산소의 활동을 억제하는 기능이 있다.

▶ 전자제품은 반드시 플러그를 뽑아 놓는다.

전원을 끈 상태라고 하더라도 전류가 흐르므로 전자제품은 사용 후 플러그를 뽑아 놓는다. 우리나라의 경우 건물이 접지가 잘 안 되어 플러그를 뽑아 놓는 것이 중요하다.

▶ 전자레인지는 새것으로

전자레인지에서 나오는 마이크로파는 백내장을 유발시켜? 뇌 이상을 초래할 수 있는데, 요즘 생산되는 제품에는 대부분 마이크로파가 새어 나오지 못하도록 설계되어 있다. 노후 되었거나 음식물이 문틈에 끼여 틈새가 있을 경우를 주의해야 한다.

▶ 휴대전화 통화는 오른손을 이용하라

휴대폰의 전자파는 뇌종양의 원인이 될 수 있으므로 되도록 이어폰을 사용하고 왼손보다 오른손이 전자파 피해로부터 안전하므로 안테나를 길게 뽑아 오른손으로 통화한다. 특히 통화중에는 안테나에 손을 대지 않는 것이 좋다.

어린아이의 휴대폰 사용은 돌이킬 수 없는 치명이 될 수 있다.

▶ 컴퓨터 모니터는 14인치보다 17인치가 좋다

컴퓨터를 사용할 때는 가급적이면 1m 이상의 거리를 유지하고 40분 작업에 10분간 휴식을 취한다. 특히 임산부는 사용 시간을 주당 20시간 이내로 제한한다. 모니터도 14인치보다는 전자파가 훨씬 덜 방출되는 17인치나, 거의 방출되지 않는 노트 북 형을 사용하는 것이 좋다

[출처] 전자파 避하는 작은 習慣 |작성자 임영미

가벼운 산책이 격한 운동보다 좋다.

https://blog.naver.com/ly1104/221884688882

산책은 운동으로 인식되기 어렵다. 하지만 전문가들은 "산책이 오히려 격렬한 운동으로도 얻을 수 없는 건강상 혜택을 가져다준다."고 말한다. 최근의 연구 결과에서도 걷기를 하면 혈압이 낮아지고 심장병이나 암으로 인한 사망 위험이 낮아지는 것으로 나타났다. 이와 관련해 '프리벤션닷컴' 전문가들의 조언을 토대로 산책을 통해 얻을 수 있는 이점 5가지를 소개했다.

1. 관절 손상 막고, 신체 회복시간 앞당겨 건강한 몸을 만들기 위해선 운동과 휴식이 적절히 배분돼야 한다. 과도한 근력운동이나 달리기를 매일 하는 것보단 가볍게 휴식을 취하듯 걷는 시간을 병행하는 게 좋다. 이렇게 하면 관절의 손상을 막고 몸의 회복시간을 앞당긴다. 걷기를 40분하면 뛰기를 25분 한 것과 유사한 칼로리 소모 효과가 있기 때문에 걷는 운동 그 자체로도 손색이 없다.

2. 기분이 좋아진다.
특별한 이유 없이 마음이 허전하고 우울할 때도 있다. 이럴 땐 산책이 기분전환을 할 수 있는 가장 단순하면서도 효과적인 방법이다. 15분 정도 걷고 나면 스트레스가 해소되고 기분이 전환되는 걸 느낄 수 있다.

3. 창의력이 샘솟는다.

한 자리에 가만히 앉아있을 때보다 걸어 다닐 때
많은 풍경과 사람, 사물을 스쳐 지나가게 된다.
뇌가 좀 더 지속적인 자극을 받을 수 있다는 의미다.
이런 자극은 창의성을 증가시켜 책상 앞에 앉아 해결
하지 못한 문제를 푸는 긍정적인 결과를 낳는다.
회의를 할 때도 서서 하면 좀 더 획기적인
아이디어가 쏟아진다는 연구보고가 있다.

4. 기동성이 증가하였다.

걷기 운동을 꾸준히 하면 고관 절의 움직임이 좋아져
유연성과 기동성이 향상된다. 또 걷기는 근육에 있는 젖
산을 분해해 더욱 단단한 근육을 형성할 수 있도록 돕는다.

5. 스트레스가 풀린다.

걷기는 즉각적으로 스트레스를 해소시키는 확실한 방
법이다. 연구에 따르면, 걷기는 스트레스 호르몬인 코
르티솔의 수치를 떨어뜨리는 기능을 한다. 스트레스
호르몬은 체중 증가, 기억력 감퇴, 고혈압 등 다양한
질병의 원인이 되는 만큼 관리가 필요하다.

[출처] 가벼운 산책이 격한 운동보다 좋다 |작성자 임영미

행복하게 오래 사는 15가지 비결

https://blog.naver.com/bum4703/221876369338

1. 화를 내지 말자.
흥분 할 때마다 수십만 개의 뇌세포가 사라진다.
2. 좋은 물을 많이 마셔라.
몸도 마음도 머리도 육체도 맑아진다.
3. 성격을 바꿔라
우울한 성격은 밝게 내성적이면 외 성적으로.
낙천적인 사람은 치매에 걸리지 않는다.

4. 뇌에 좋은 음식을 섭취하라.
호두, 잣, 토마토 등 뇌에 좋은 음식만 섭취하라
뇌가 젊어야 육체도 젊어진다.
5. 콩으로 만든 음식을 많이 먹자.
콩은 뇌의 좋은 영양물질이 많고
육지에서 나오는 단백질 덩어리다.
6. 계란은 많이 먹어라.
콜레스테톨 따위 신경 쓰지 말라.
노른자에 코레스테롤이 많다는 학설은 폐기된 학설이다.
계란만큼 완전한 식품은 없다.
7. 멸치를 자주 먹어라.
멸치는 보약이다.
뼈와 피에 좋은 보약이니 식탁 위에 두고 자주 먹자

8. 치아가 망가지면 바로 고쳐라.

이가 없으면 치매가 **빨리** 온다.

하늘이 준 오복 중에 하나다.

9. 호두를 굴려라

호두를 주머니에 넣고 다니며 자주 굴리기를 하라.

치매에도 좋고 혈을 자극해 온몸이 따뜻하게 해 준다.

10. 손을 많이 써라.

화가와 글 쓰는 사람에게 치매가 없다.

11. 가운데 손가락을 자주 마찰하라.

뇌에 올라가는 혈을 자극해서 뇌가 즉각 반응한다.

12. 손을 뜨거울 때까지 비벼라.

그 손으로 온몸을 마찰하라.

피부도 좋아지고 건강에 최고다.

13. 집 앞을 쓸어라.

청소도 되고 운동도 된다.

14. 뜨겁게 사랑하라.

사랑이 뜨거우면 마음도 젊어지고 치매는 사라진다.

15. 짜증을 내지마라.

짜증을 내면 체질이 산성으로 바뀐다.

산성체질은 종합병원이다.

출처 : 행복한 아침편지

강변 모정

믿고 의논할 수 있는 든든한 선배

가보지 않은 길에 들어섰을 때 앞서
그 길을 지나친 사람들이 전해주는 충고가 얼마나
중한 것인지는 누구나 다 아는 사실.
그래서 생각이 깊되 머뭇거리지 말고
결단력 있게 충고를 해줄 수 있는
든든한 선배를 반드시 알아두어야 한다.

○ 아름답게 늙는 지혜　　아르테미스

* 지혜 1 - 자신을 갖자

01. 혼자 지내는 버릇을 키우자.

02. 남이 나를 보살펴 주기를 기대하지 말자.

03. 남이 무엇인가 해 줄 것을 기대하지 말자.

04. 무슨 일이든 자기 힘으로 하자.

05. 죽는 날까지 일거리가 있다는 것이 행복이다.

06. 젊었을 때보다 더 많이 움직이자.

07. 늙으면 시간이 많으니 항상 운동 하자.

08. 당황하지 말고 성급해 하지 말고 뛰지 말자.

09. 기억력이 왕성하다고 뽐내지 말자.

10. 일찍 자고 일찍 일어나는 습관을 기르자.

* 지혜 2 - 실천하라

01. 나의 괴로움이 제일 크다고 생각하지 말자.

02. 편한 것 찾지 말고 외로움을 만들지 말자.

03. 늙은이라고 냉정히 대하더라도 화내지 말자.

04. 자손들이 무시하더라도 심각하게 생각지 말자.

05. 친구가 먼저 죽어도 지나치게 슬퍼하지 말자.

06. 고독함을 이기려면 취미생활과 봉사생활하자.

07. 일하고 공치사하지 말자.

08. 모든 일에 감사하는 마음을 갖자.

09. 마음과 다른 인사치레는 하지 말자.

10. 칭찬하는 말도 조심해서 하자.

11. 청하지 않으면 충고하지 않는 것이 좋다.

* 지혜 3 - 자제하라

01. 남의 생활에 참견 말자.

02. 몸에 좋다고 아무 약이나 먹지 말고 남에게 권하지 말자.

03. 자신의 의사를 정확히 말하고,

04. 겉과 속이 다른 표현을 하지 말자.

05. 어떤 상황에서도 남을 헐뜯지 말자.

06. 함께 살지 않는 며느리나 딸이 더 좋다고 말하지 말라.

07. 같이 사는 며느리나 딸을 더 소중히 생각하자.

08. 잠깐 만나 하는 말, 귀담아 두지 말라.

09. 가끔 오는 식구보다 매일 보살펴 주는 사람에게 감사하자.

* 지혜 4 - 베풀어라

01. 할 수 없는 일은 시작도 하지 말자.

02. 스스로 돌볼 수 없는 동물을 기르지 말자.

03. 사진, 감사패 내 옷은 정리하고 가자.

04. 후덕한 늙은이가 되자.

05. 즐거워지려면 돈을 베풀어라.

06. 그러나 돈만 주면 다 된다는 생각은 말자.

07. 일을 시킬 때는 자손보다 직업인을 쓰자.

08. 일을 시키고 잔소리하지 말자.

* 지혜 5 - 겸손 하라

01. 외출할 때는 항상 긴장하자.

02. 젊은 사람 가는데 동행하지 말자.

03. 여행을 떠나면 여행지에서 죽어도 좋다고 생각하자.

04. 이사를 가거나 대청소를 할 때 자리를 피해주라.

05. 음식은 소식하자.

06. 방문은 자주 열고, 샤워를 자주 하자.

07. 몸을 단정히 하고, 항상 화장을 곱게 하자.

08. 구취와 체취에 신경 쓰자.

09. 옷차림은 밝게, 속옷은 자주 갈아입자.

* 지혜 6 - 감사하고 기뻐하라

01. 아웃을 사랑하자.

02. 늙음을 자연스럽게 맞이하자.

03. 인간답게 죽는 모습을 자손들에게 보여 주자.

04. 자살은 자식에 대한 배반이다.

05. 늘 감사하자. 그리고 또 감사하자.

06. 늘 기도하자. 그리고 또 기도하자.

07. 항상 기뻐하자. 그리고 또 기뻐하자.

[출처] ○아름답게 늙는 지혜|작성자 bum4703

단풍나무

노자(老子)는 자신이 주창한 도(道)의 상징적 이미지로
물을 잘 사용하였지요 『도덕경』 78장에서도 살펴볼 수
있는데 "세상에 물보다 더 부드럽고 약한 것은 없지만 굳고
강한 것을 치는 데 물을 이길 수 있는 것은 없다. 약함이
강함을 이기고 유연함이 단단함을 이긴다, 천하에 그것을
알지 못하는 사람은 없다. 그러나 실행하는 사람은 있는가."

성공한 사람들의 공통적인 9가지 습관

1. 배움에 대한 열망이 있다.
뭔가 계속 배우려고 한다면
당신은 계속 발전하고 있다.
그 배움이 당장 아무런 도움을 주는 것이 없다 해도
언젠가는 열매를 맺는다. 배움은 씨앗을 뿌리는 것이다.
썩어버리는 씨앗도 있지만 꾸준히 씨앗을 뿌리면
극히 소수일지라도 과실을 맺는 씨앗이 생긴다.

2. 계획을 세운다.
빌 클린턴 전 미국 대통령의 시간 관리 고문이자
'시간과 인생을 통제하는 방법'의 저자인 앨런 라킨은
시간 관리의 핵심을 계획으로 봤다.
"계획은 미래를 현재로 가지고 오는 것이다.
계획을 세우면 미래의 일을 지금 할 수 있다."
지금 당장 초라하게 느껴진다면
좀 더 나은 미래를 계획하라.
그 미래가 100% 실현되지 않더라도 현재보다는
나은 미래를 맞을 수 있을 것이다.

3. 일찍 일어난다.
"동트기 전에 일어나는 것이 좋다. 그런 버릇은 건강과

부, 지혜를 얻게 해준다." 아리스토텔레스의 말이다.

한 때 베스트셀러에 올랐던 '아침 형 인간'이란 책에서 한결같이 강조하듯 성공한 사람들 대다수는 아침 일찍 일어난다. 주위를 둘러봐도 아침에 일찍 일어나는 사람치고 가난한 사람 없다.

4. 친구를 쉽게 사귄다

별달리 특별한 것도 없는데 친구가 많은 사람들이 있다. 낯선 곳에서도 쉽게 사람들과 가까워지는 사람이 있다. 대단한 재능이다. 인생의 성공을 지위나 부로만 측정할 수 없기 때문이다. 게다가 사람 사귀는 재능은 자주 부와 성공으로 귀결 된다.

5. 다른 사람을 도와주려는 마음 있다

영국의 작가 찰스 디킨스는 "다른 사람의 짐을 가볍게 해주는 사람치고 무가치한 사람은 없다"고 말했다.

누군가를 도와줄 따뜻한 마음을 갖고 있다는 사실만으로도 당신은 가치 있는 사람이다.

자신이 초라하게 느껴질 때 극복할 수 있는 가장 좋은 방법은 자원봉사 활동에 나서는 것이다.

6. 절제의 미덕이 있다

섹스 스캔들이나 비리 혐의 때문에 하루아침에 몰락하는 유명인들을 심심치 않게 볼 수 있다. 절제가 부족한 탓이다.

음식과 섹스, 돈, 성공, 질투 등에 대해 절제만 할 수 있어도 인생은 훨씬 더 평안해진다. 큰 성공을 거두지 못하더라도 절제할 수 있으면 안정적이고 명예로운 노후를 보낼 수 있다.

7. 매일 매일 더 나아진다

미국의 작가 어니스트 헤밍웨이는 "동료들보다 뛰어난 것에 고결한 것이라곤 없다. 진정한 고결함이란 과거의 자신보다 더 나은 자신이 되는 것에 있다"고 말했다.

사람들은 남과 비교는 잘하면서 과거의 자신과 현재의 자신은 잘 비교하지 않으려 한다. 나는 과연 이전보다 더 나은 사람인가. 자신을 돌아보고 점점 더 나은 인품을 갖추기 위해 노력한다면 어느 순간 미국의 작가 너새니얼 호손의 '큰 바위 얼굴'에 나오는 주인공처럼 진정으로 빛나는 성취를 거둘 수 있을 것이다.

8. 인내할 수 있다

미국 독립의 아버지 벤 자민 프랭클린은 "인내심을 가진 사람은 원하는 것을 얻게 된다."고 말했다. 사람들은 한순간의 감정을 이기지 못해 분노하는 경우가 많다. 그 순간에 분노를 표출하는 것이 자신의 자존심을 지키는 것이라 생각한다. 진정으로 자존심을 지키는 것은 분노하는 것이 아니라 분노를 참으며 원하는 것을 얻기 위한 방법을 생각해 결국 원하는 것을 얻는 것이다.

9. 거절의 힘을 느낄 수 있다

세상에 둘도 없이 선한 사람이 나쁜 일을 하는 경우가 있다. 십중팔구는 사람이 너무 좋아 누군가의 부탁이나 권유를 거절하지 못했기 때문이다. 주위에 친구가 많은 것은 장점이지만 그 친구들에 휘둘리는 것은 단점이다. 성공하는 인생, 안정적인 인생을 지탱하는 기둥은 원칙이다.

성공이란 달성하고자 하는 목표와 목표를 향한 실천, 그리고 목표와 실천을 올바른 방향으로 맞춰주는 원칙이 있을 때 이뤄진다. 그러지 못하면 당신의 인생은 의도치 않았던 방향으로 제멋대로 흘러갈 수도 있다.

출처 : 행복한 아침편지

행복하려면

1. 좋아하는 일을 하라.
2. 즐겁게 행동하라. 행복한 표정을 짓고
   낙천주의자이며 외향적인 사람인 척하라.
3. 가장 좋은 친구는 나 자신이다.
   자책하거나 자신에게
   불가능한 요구를 하지 마라.

송곳 바위산

인생 어떻게 살아야 하나.

인생의 비결을 다음 두 마디 가운데서 찾을 수 있습니다.
중년 이전에는 두려워하지 말고!
중년 이후에는 후회하지 말라!
우리 인생을 긍정적으로 살라는 말입니다.

당신은 할 수 있을 때 인생을 즐겨야 합니다! 걷지도 못할 때까지 기다리다가 인생을 슬퍼하고 후회하지 마시고 몸이 허락하는 한 가보고 싶은 곳에 여행하십시오.
증권시장에서 빠져나오세요!
주식이 오르면 혈압도 오르고, 사고 싶어도 기회는 지나가지요. 주식이 내리면 당황하여 팔려 들겠지만 아무도 사려고 하지 않지요. 당신이 그 많은 돈을 다 벌수는 없으니까 젊은이들에게 기회를 주십시오! 기회 있을 때마다 옛 동창들, 옛 동료들, 옛 친구들과 회동 하십시오.

그 회동의 관심은 단지 모여서 먹는 데 있는 게 아니라, 인생의 남은 날이 얼마 되지 않다는 데 있습니다! 돈! 은행에 있는 돈은 실제로는 당신의 것이 아닐 수 있습니다.

돈은 써야 할 데에 바로 쓰세요. 늙어가면서 무엇보다 중요한 것은 스스로 자신을 잘 대접하는 것입니다.

자시고 싶은 것 있으시면 꼭 사드시고 즐거워하세요!
즐거운 것보다 더 중요한 것은 없습니다!

두 가지가 종류의 음식이 있습니다.
건강에 좋은 것들 자주 드시고, 많이 드세요. 그러나 그것
이 다는 아닙니다. 건강에 안 좋은 것들 적게 드시고 가
끔 드세요. 끊지는 마세요. 좋아하지 않는 음식도 가끔 조
금씩 드실 필요가 있습니다.
그게 다 영양섭취에 균형을 잡아줍니다.

질병은 기쁨으로 대하세요.
가난하거나 부자거나, 권력이 있거나 없거나,
모든 사람은 생로병사의 길을 갈 수밖에 없습니다.
누구도 예외가 없습니다.
그것이 인생이니까요!
병이 들면 겁을 먹거나 걱정하지 마세요.
장례 문제를 포함하여 해결하지 못한 문제들은 건강할 때
미리 손을 보세요. 그래야 언제든지 후회 없이 이 세상을
떠날 수 있습니다. 몸은 의사에게 맡기고, 정신은 하느님
께 맡기고, 마음은 스스로 책임져야 합니다.
만일 걱정이 병을 고칠 수 있다면, 미리 걱정하세요!

만일 걱정이 생명을 연장할 수 있다면 미리 그렇게 하세요!

만일 걱정이 행복과 바꿀 수 있다면 미리 걱정하세요!
(아닙니다. 걱정해서 되는 것은 아무것도 없습니다)
우리 자녀들은 다 그들의 분복(分福 fortune)이 있습니다.

자식들이나 손자들에 관한 일들에 대해서는 우리가 눈으로 볼 수 있고, 귀로 들을 수 있지만, 입은 다무시고 이러쿵 저러쿵 하지 마십시오.
배후에서 조용히 기도하며 이런 원칙을 세워보는 것입니다.

실없는 말과 능력 밖의 일은 하지 말고, 부득이 참여해야 할 일이면 분위기에 맞게 하는 것입니다.
자식들과 손자들이 스스로 독립할 수 있다면 그것은 당신에게 있어서 가장 큰 행운입니다. ♣

인생의 즐거움을 만끽하라.

현재를 즐겨라.
문제가 발생하면 낙천적으로 생각하라.
문제를 과장하지 말고 좌절하지 않으면
행복의 바탕이 되는 중심을 찾을 수 있다.
시간을 잘 관리하라. 상위목표를 세우라.
그리고 그 목표를 매일매일 실천할 수 있는
작은 목표들로 나누어라. 작은 목표들을 하나씩 달성하다 보면 어느새 시간을 잘 관리하는 즐거움을 맛볼 수 있다.

장애물과 역경들이 나를 더 강하게 만들다

장애물과 역경들이 나를 더 강하게 만들었다.
제가 살면서 겪은 역경들, 그리고 모든 장애물과 고민이 결과적으로는 저를 더 강하게 만들어주었다. 여러분도 그걸 겪을 때는 깨닫지 못하겠지만, 그 어떤 시련도 언젠가는 당신의 인생에서 최고의 일이 될 수 있다. "언젠가 저는 꿈이란 게 실현되기 위해 존재한다는 것을 깨닫게 되었다. 그래서 그날 이후론, 쉬기 위해 잠을 자는 것이 아니라,
꿈을 이루기 위해 잠을 잤다." 과거를 회상하면서 사는 사람은 늙은 사람이다. 지나간 과거사를 회상하면서 사는 사람을 늙었다고 하고, 미래에 대한 희망에 부풀어 있는 사람을 젊다고 한다. 탐구하는 능력을 잃어버린 사람들은 낡은 것에 얽매여 집착하기 때문에 더욱더 늙고, 왕성한 생명력으로 생산적인 활동을 하는 사람들은 나날이 거듭나면서 미래를 지향하기에 영원한 젊음을 누리며 살아있다.

육신의 나이와 상관없이 그가 얼마나 창조적인 생활을 하고 있는가에 따라 늙고 젊음이 가려져야 합니다. 호기심이 많고, 끝없이 질문하고, 계속해서 더 큰 꿈을 꾸고, 새로운 도전을 즐긴다면, 나이와 관계없이 누구나 젊은이라 할 수 있습니다. 모든 조직원이 한 방향으로 나아가게 하기 위해서는 웰치 처럼, 핵심 가치, 비전, 신념, 핵심 아이디어를 끊임없이 전파하고 공유하는 노력이 필요합니다. 달성하기 어렵고 힘든 장대

한 이상을 꿈꾸자 인생을 살아가는 비결은 어떤 과제를, 평생을 바칠 무언가를, 순간마다 무언가를 가지는 것이다. 그리고 이때 명심해야 할 중요한 사실은, 그 과제가 당신이 도저히 완수할 수 없을 정도로 어렵고 힘든 것이어야 한다는 점이다.

모두에게 단 한 번씩만 주어지는 소중한 내 인생! 어떻게 살아가는 것이 정답일까요? 어차피 한번 사는 인생입니다. 당대에는 도저히 이룰 수 없을 것 같은 장대한 꿈과 이상을 가지고 신나게 돌진해 보는 것! 멋진 인생을 살아가는 하나의 비결이라 할 수 있습니다. 성공과 실패의 실제 차이는 어떤 기업이 성공하느냐 실패하느냐의 실제 차이는 그 기업에 소속되어 있는 사람들의 재능과 열정을 얼마나 잘 끌어내느냐 하는 능력에 의해 좌우된다고 나는 믿는다. 시간이 흐를수록 구성원들의 능력과 열정이 바로 조직 성패의 요인이라는 사실을 실감하게 됩니다. 직원들의 능력과 열정을 끌어올리기 위한 투자에 대한 절실함도 더불어 커지고 있습니다. ♣

★ 공격적인 사람 이기는 법

공격적인 사람은 에너지가 넘쳐 활달하며, 목소리와 덩치도 크다. 공격적인 사람은 기가 죽을수록 더 깔아뭉개기 때문에, 공격적인 사람일수록 당당하게 대해야 한다. 또한 공격적인 사람은 정교하지 못하기 때문에 실컷 공격하도록 내버려두면 스스로 자기 허점을 드러낸다. 그때 그가 드러낸 허점을 역공하면 쉽게 일길 수 있다.

문제를 찾아다니는 사람들이 성공한다.

성공한 사람과 그러지 못한 사람의 주된 차이점 중 하나는 성공한 사람들은 자신이 해결할 문제들을 찾아다니지만, 성공하지 못한 사람들은 문제를 회피하기 위해 온갖 시도를 한다는 점이다. 문제는 당장은 어려움으로 다가오지만, 해결했을 때 돌아오는 이득이 큽니다. 남들이 해결하지 못해 회피하는 어려운 문제일수록 그 이득은 커집니다. 문제를 회피하면 당장은 편하고 좋으나, 얻는 것 역시 없게 됩니다. 문제 회피 성향이 강할수록 실패한 인생을 살게 될 가능성이 커집니다.
문제를 적극 환영해야 하는 이유가 여기에 있습니다.

누구나 갈 수 있는 성공의 길
누군가를 마음 깊이 섬길 수 있다면 그 사람은 이미 성공의 길로 접어든 것이다. 누구나 위대한 사람이 될 수 있다. 모두 봉사를 할 수는 있기 때문이다.
봉사는 대학학위가 필요로 하지 않는다. 다른 사람을 섬기는 삶은 학력과 관련이 없습니다. 남을 섬기는 데에는 사랑으로 가득한 마음만이 필요합니다. 성공의 비법은 먼저 주고, 나중에 받는 것입니다. Take & Give가 아닌, Give & Take를 실천해야 합니다.
인간을 성공으로 이끄는 가장 강력한 무기 인간을 성공으로 이끄는 가장 강력한 무기는 풍부한 지식이나 피나는 노력이 아니라 바로 습관이다. 왜냐하면 인간은 습관의 노예이기 때문이다. 아무도 이 강력한 폭군의 명령을 거스르지 못한다. 그러므로 다른 무엇보다도 내가 지켜야 할 첫 번째 법칙은 좋은 습관을 만들고 스스로 그 습관의 노예가 되는 것이다. 일상생활의 80%는 습관입니다. 습관은 무의식중에 우리 생활을 지배하고 그 결과에 따라 인격이 형성되며 더 나아가 운명을 결정하고 인생까지도 바꾸게 됩니다. 아무런 생각 없이 하는 행동 하나하나가 습관이 됩니다. 그리고 이것이 쌓여 인생을 성공으로도, 불행으로도 이끕니다. 오그 만디노는 스스로 좋은 습관을 만들어 실천하고 나쁜 습관을 몰아내면 재능이나 노력에 관계 없이 인생을 성공으로 이끌 수 있다고 강조합니다.

하버드 대학교 에드워드 밴 필드 박사는 50여 년간의 연구결과를 통해 성공, 행복, 성격을 결정짓는 핵심 요인은 시간 전망(time perspective)이라고 밝혔습니다. 시간 전망이란 현재 어떤 행동을 할 때 얼마나 먼 미래까지 영향을 고려하는가를 말합니다. 에드워드 밴 필드 박사에 의하면 훌륭한 사람들, 성공한 사람들은 멀리까지 시간 전망을 한다고 합니다.

멀리 보게 되면 행동 하나하나에 신중하게 됩니다. 장기적 관점에서 사물을 보게 되면 감정의 기복도 심하지 않게 됩니다. 가까이 보면 안 보이는 것도 멀리 보면 보이는 경우가 많습니다. 오랜 기간에 일관성을 유지해야 좋은 평판이 쌓이게 됩니다.

급할수록 멀리 보는 지혜를 갈구합니다. 일을 바라보는 태도가 성공의 관건 가장 성공한 사람들은 정말 자신이 좋아하는 일을 하는 사람들이라고 생각한다. 그 무엇도 에너지와 열정을 따라갈 수는 없다. 성공은 자신이 원하는 것을 알고 아무리 힘들어도 꿈을 추구하는 사람들이다. 일에 대한 명언들을 함께 보내드립니다. 레오나르도 다빈치는 "일을 즐겁게 하는 자는 세상이 천국이요. 일을 의무로 생각하는 자는 세상이 지옥이다. 고 말했습니다. "하고 싶은 일에는 방법이 보이고, 하기 싫은 일에는 변명이 보인다. 는 필리핀 속담도 재미있습니다. 헨리 포드는 "일하지 않는 사람은 절대 올바른 생각을 할 수 없다. 게으름은 비뚤어진 마음을 갖게 만든다. 긍정적인 행동이 따르지 않는 사고는 병균과도 같다고 말했고, 탈무드에는 "모든 노동은 인간을 고결하게 한다. 어린이에게 일하는 즐거움을 가르치지 않으면 그를 미래의 약탈자로 만든다. 고 하고 있습니다. 대단한 사람들이 성공하는 것이 아니다.

세상에 성공한 사람들이란 나와 다른 대단한 사람들이 결코 아니다. 단지 그들은 사고나 습관 등에서 남다른 점이 있는데, 그것은 누구나 약간만 연습하면 자신의 것으로 만들 수 있다. 칭찬하고 싶은 사람의 습관이나 행동을 보았다가 자신의 것으로 만들라. 반대로 타인의 습관이나 행동 가운데 비난받았다면, 관심 가지고 보았다가 같은 전철을 밟지 않도록 유의해야 한다. 성공을 위한 첫걸음은 성공을 불러오는 습관을 만들어 가는 데 있습니다. 처음에는 큰 차이가 없으나, 행동과 습관은 복리(複利)로 계산되므로 시간이 흐름에 따라 차이가 증폭됩니다. 개인, 혹은 회사나 가정 차원에서 습관 구조조정 워크샵' 같은 것을 해보면 어떨까? 제안해봅니다. ♣

꿈이 있기에 위대하다.

사람은 누구나 자기 미래의 꿈에 계속
또 다른 꿈을 더해 나아가는 적극적인 삶을
살아야 한다. 현재의 작은 성취에 만족하거나
소소한 난관에 봉착할 때 미래를
향한 발걸음을 멈춰서는 안 된다.
우리는 꿈이 있기에 위대하다.
꿈을 절대로 포기하는 일이 없어야 한다.

문제가 있다는 것을 기뻐하라.
문제가 없는 인생은 어디에도 존재하지 않는다.
문제가 있다는 것은 살아있다는 증거다.
온종일 누워 뒹굴기만 하면 아무 문제도
생기지 않을 것이다. 안고 있는 문제가 크면 클수록
많으면 많을수록 진지하게 살아가고 있다는 것이다.

정말 문제가 있다는 것을 기뻐하라.
시련은 언제나 있기 마련이다.
시련과 절망은 극적인 변화를 일으킨다. 시련은 사람
을 키워놓고 떠나간다. 사람은 어려운 일과 문제를 통
해 단련된다. 더 큰 성장을 위해서는 문제가 있다는
것을 알면서도 즐겁게 좋은 삶을 살아가고 있다.
실수를 털어놓는 사람에게 더 믿음이 가게 마련이다.

자신의 약점을 드러내면 신뢰를 얻을 수 있다.
겸손한 마음으로 도움을 청하면 더 배울 수 있다.
실수를 인정하면 용서받을 수 있다. 지도자가 실패한
사례를 공개하면 직원들은 더욱 용기를 갖고 모험하게
된다. 겨울이 없다면 봄은 그렇게 즐겁지 않을 것이다.
만약 우리에게 고난이 없었다면 성공 역시 그토록
환영받지 못할 것이다.

[성공하는 사람들은 자신을 불편한 상태로
 만드는 반면에 성공하지 못한 사람들은
모든 결정에서 편안함을 좋아한다.]
어떤 상황에서도 어떤 사람을 만나도
당신이 어떻게 원하는 것을 어떻게 얻을 수가 있는가.
매 순간 고민을 하기보다는 전진을 하고 있다.

과거를 애절하게 들여다보지 마라. 다시 오지 않는다.
현재를 현명하게 개선하라. 너의 것이니, 어렴풋한
미래를 나아가 맞으라. 이미 지나간 과거는
늘 아쉽기만 하고, 현재의 많은 선택 앞에 주저하며
불확실한 미래에 대해서 걱정을 하지 말라.
우리는 과거, 현재, 미래에 고민한다.
하지만 고민만 하는 삶을 살아갈지 아니면 고민을
해결하는 삶을 살아갈지는 실행의 한 끗 차이이다.
사람의 마음을 얻는 대화의 기술이 필요하다. ♣

대화의 신이 말하는 말 잘하는 비법

1. '여행을 통해서 당신의 시야를 넓힐 수 있다.
하지만 당신이 호기심을 가지고 다른 사람의 말을 경청한
다면, 집을 떠나지 않고서도 시야를 넓힐 수 있다.'

2. 대화의 첫 규칙은 듣는 것이다.
말하고 있을 때는 아무것도 배울 수 없다.

대담 중 내가 하는 말에서는 아무것도
배울 것이 없다는 사실을 매일 아침 깨닫는다.

3. 훌륭한 화자가 되기 위해서는
먼저 훌륭한 청자가 되어야 한다.
상대방이 한 말에 대하여 적절하게
응대할 수 있는 능력은
곧 뛰어난 내담자 기본이다.

4. 당신과 대담하고 있는 상대방은
당신이나 당신의 문제보다는 자신의 희망이나
자신의 문제에 백배나 더 관심이 많다는
사실을 명심하라. 사람은 본래 100만 명을 희생시킨
중국의 기근보다 자신의 치통이 더 중요한 법이다.

5. 프레젠테이션은 말로 보여주는 것이다.
따라서 발표를 할 때 무엇을 말할지, 그리고 시각 자료를
사용하려 할 때는 반드시 미리 연습하였다.

6. 당신 자신을 팔아라.
그것은 상대방에게 당신 자신을 매력 있는 사람으로 보이
게 하는 모든 일을 말한다. 내가 팔아야 하는 제품이나
서비스 혹은 나 자신을 이야기할 때는 그것의 특징을 말
하지 않고 장점을 말해야 한다.

7. 연설을 잘하기 위한 두 번째 열쇠는
보이스카우트 모토대로 준비하는 것이다.
그것은 항상 대비해야 한다는 진리이다.

8. 명연설은 모두 짧았다.
간략하게 말하기가 쉬운 일은 아니다.
간략하게 말하는 능력이 가장 많이 요구되는 경우가
물론 연설이다.

9. '퇴장할 때를 알라'는 연예계의 격언이 여기에서
다시 적용되는 것이다. 연설을 잘하는 사람들은
누구나 그때가 언제인지 알고 있다.

10. 그 대신 유명한 연설가의 연설에는
배울 점이 많다. 연설로 성공한 사람들도

자신의 의사를 효과적으로 표현하는 능력이 있어서
성공한 것이다. 그들에게 배울 점은 무엇보다도
간결함이다. 링컨, 케네디, 처칠과 같은 사람들이
연설의 효과를 높이려고 말을 짧게 했다면
우리 역시 그들을 따르는 것이 현명할 것이다.

11. KISS 법칙 = Keep it simple, stupid
단순하게 그리고 머리 나쁜 사람도 알아듣게 하라.

12. 말하기는 하면 할수록 잘하게 되어 있다.
말은 많이 할수록 더 잘하게 되고 재미를
느끼게 된다. 말하는 방법에 관해 책을 보고
공부할 수도 있고, 방이나 차 안에서
혹은 애완견에게 혼자 말하기를 연습할 수도 있다.
말을 잘하기 위한 연습을 하려고만 한다면
방법은 얼마든지 있다.

출처 : 지도자의 조건

맨 위의 목재로 만든 나막신. 나무를 파서
만든 것으로 신 앞뒤 밑바닥에 굽이 있다.
비가 오는 날이나 땅이 진 곳에서도 신었다.

마음에 새겨야 할 성공 명언

https://blog.naver.com/bum4703/221908356085

1. 오늘 걷지 않으면 내일은 뛰어야 한다.

지금 잠을 자면 꿈을 꾸지만
잠을 자지 않으면 꿈을 이룰 수 있다.

2. 누군가 해야 할 일이면 내가 하고
내가 해야 할 일이면 최선을 다하고
어차피 해야 할 일이면 기쁘게 하고
언젠가 해야 할 일이면 바로 지금 하라.
미래는 일하는 사람의 것이 될 수가 있다.
권력과 명예도 일하는 사람에게 주어진다.
누가 게으름뱅이의 손에 권력이나 명예를 안겨주겠는가?

3. 성공하는 삶을 기대하면서 가장 두려워해야 할 것은
자신이 약속한 사항을 지키지 못하는 것이다.
기회가 오지 않음을 두려워하지 말고
준비가 되어 있지 않음을 두려워하라.

4. 다른 사람을 탓하고 원망하는 사람은 아무것도
이룰 수 없는 법이다.

5. 성공한 사람은 남에게는 관대하지만
자신에게는 너그럽지 못하다.

6. 불가능, 그것은 나약한 사람들의 핑계에 불과하다.
불가능, 그것은 사실이 아니라 하나의 의견일 뿐이다.
불가능, 그것은 영원한 것이 아니라 일시적이다.

불가능, 그것은 도전할 수 있다.
불가능, 그것은 사람들을 용기 있게 만드는 것이다.

불가능, 그것은 아무것도 아니다.

7. 절대로 성공하지 못하는 두 종류의 사람이 있다.
하나는 명령에 순종하지 않는 사람이요, 다른 하나는
오직 명령한 것만을 순종하는 사람이다.

8. 실수하지 않는 사람이 되는 것보다 포기하지 않는
사람이 되는 것이 중요하다.

9. 일생에 나는 항상 무언가 대단한 사람이 되길 원했다.

그런데 지금에 와서 보니 그 당시 좀 더 구체적인 목표를
세웠어야 했었다는 것을 알았다.

10. 승자의 주머니 속에는 꿈이 있으나 패자의
주머니 속에는 욕심이 들어 있다

11. 스스로 알을 깨면 한 마리 병아리가 되지만 남이
깨주면 계란 후라이가 된다.

12. 계획을 세우지 않고 일을 시작한다면 실패를 계획하
고 시작한 것과 같은 것이다.

13. 허약함과 못 배움은 내 성공의 원천이었다.
가난은 부지런함을 낳았고, 허약함은 건강의 중요성을 깨
닫게 해 주었으며, 못 배웠다는 사실 때문에 나는 누구에
게서나 배우려고 했었다.

14. 바람이 불지 않을 때 바람개비를 돌리는 방법은 앞으
로 달려가는 것뿐이다.

15. 위대한 인물에게는 목표가 있고 평범한 사람들에게는
소원이 있을 뿐이다.

16. 내일의 일을 훌륭하게 하기 위한 최선의 준비는 바로
오늘 일을 훌륭하게 완수하는 것이다.

출처 : 행복한 아침편지

나에게 힘을 주는 인생에 관한 명언

1. 삶이 그대를 속일지라도 슬퍼하거나 노하지 마라.
슬픈 날에 참고 견디라.
즐거운 날은 오고야 말리니, 마음은 미래를 바라느니
현재는 한없이 우울한 것.
모든 건 하염없이 사라져 버리고
그리움이 되리니 - 푸시킨 -

2. 문제점을 찾지 말고 문제를 해결하라. - 헨리포드 -

3. 우선 무엇이 되고자 하는가를 자신에게 말하라.
그리고 해야 할 일을 하라. - 에픽토 테스 -

4. 되찾을 수 없는 게 세월이니
시시한 일에 시간을 낭비하지 말고
순간순간을 후회 없이 잘 살아야 한다. - 루소 -

5. 인생에 뜻을 세우는 데 있어 늦을 때는 없다. - 볼드윈 -

6. 도중에 포기하지 말라. 망설이지 말라.
최후의 성공을 거둘 때까지 밀고 나가자. - 헨리포드 -

7. 자신의 불행을 생각하지 않게 되는
가장 좋은 방법은 일에 몰두하는 것이다. - 베토벤 -

8. 실패는 잊어라. 그러나 그것이 준 교훈은
절대 잊으면 안 된다. - 하버드 개서 -

출처 : 행복한 아침편지

대나무 숲으로 가는 길

* 스트레스와 역경을 헤쳐나갈 수 있는
  나름의 방법을 준비하라.
* 음악을 감상하라. 휴식과 자극을
  동시에 느낄 수 있다.
* 활동적인 취미를 가지라.
* 자투리 시간을 생산적으로 활용하라.
* 자기 생각을 정리할 시간을 가져라.

인디언들의 자녀교육 10계명

1. 꾸지람 속에서 자란 아이는 비난을 배운다.
인디언 부모들은 대개 이해심이 깊어 아이를 혼내는
일이 거의 없다. 아이가 잘못했을 때도 가벼운 말로
타이르는 정도며 결코 매를 들지 않는다.
아이 때문에 화가 났다면 먼저 심호흡을 하고 마음을
차분히 가라앉힌 후 아이와 대화를 시도하자.

2. 적대감 속에 자란 아이는 싸움을 배운다.
대개 자기중심적인 아이들이 적대감 속에 산다.
특히 외동아이로 자라거나 항상 자기 멋대로
행동해온 아이들은 자신을 절제하지 못하고 살아가고 있다.

적대감 속에서 싸움하며 자란 아이는
성장 후에도 이기적이고 괴팍해질 수 있다.
아이가 혼자만 장난감을 차지하려고 하며
이기적인 모습을 보일 때는 무시하고
다른 친구에게 양보하는 모습을 보일 때는 칭찬하고 있다.

3. 놀림 속에서 자란 아이는 수줍음을 배우고 있다.
어릴 때 친구들 사이에서 놀림거리가 되는 것은
흔한 일이다. 아이가 실수하여 놀림을 받았다면
누구나 실수를 할 수 있으며, 결점을 가지고

있다는 사실을 알려주고 있다.
실수를 통해 잘못을 고쳐나가도록 격려하고 있다.

4. 수치심 속에서 자란 아이는 죄책감을 배운다.
아이가 잘못을 저지르면 바로잡아야겠다는 생각에
굴욕감을 주는 부모가 종종 있는데 아이는 이런 식의
꾸지람에 오히려 수치심과 죄책감을 느낄 수 있다.
아이의 잘못은 따뜻한 대화와 보살핌으로 푸는 것이 원칙이다.

5. 관대함 속에서 자란 아이는 인내심을 배운다.
무서운 부모 밑에서 자란 아이들은 실수를 하면
혼나게 될까 지레 겁을 먹고 미리 포기하는 경향이 있다.
반면, 관대한 부모 밑에서 끊임없이 격려 받은 아이들은
실패를 하더라도 다시 시도하면 된다는 생각을 갖는다.

6. 격려 속에서 자란 아이는 자신감을 배운다. 아이든 어른이든 공개적인 비난을 받으면 자존심에 상처를 입게 되며, 심할 경우 자신을 비하하게 된다. 반면, 격려 속에 자란 아이는 언제나 자신감에 넘친다. '칭찬은 사람이 많은 곳에서, 꾸중은 아무도 없는 곳에서'

7. 칭찬받고 자란 아이는 감사함을 배운다.
평소에 칭찬을 많이 받는 아이는 스스로 인정받았다고 생각하며 아량이 넓어져 다른 사람에게 감사할 줄 아는 아

이로 자란다. 잘했다고 큰 선물을 주기보다는 작은 일이라
도 적극적으로 크게 칭찬해주는 것이 좋다.

8. 공평함 속에서 자란 아이는 정의를 배운다. 형제자매
를 키우다 보면 아무리 공평하게 대하려 해도 뜻대로 되
지 않는 경우가 많다. 단 5분이라도 자녀들과 개별적으로
시간을 보내도록 하자. 아이가 부당한 대우를 받았다고 느
낄 때는 당당하게 자기의 생각을 말할 수 있도록 하였다.

9. 안정감 속에서 자란 아이는 신념을 배운다. 간혹 아이
와 맺은 약속을 소홀히 여기는 부모들이 있는데, 거짓말을
일삼는 부모 밑에서 자란 아이들은 마음속에 불신감을 키
우게 된다. 하지만 약속을 항상 지키는 부모를 보고 자란
아이는 심리적 안정감을 얻으며 신뢰감을 쌓아간다.

10. 인정받으며 자란 아이는 자신을 소중히 여긴다.
'크면 다 알게 돼', '피곤하니까 그만하자'라고 말하기보다
'네 생각은 어떠니?' 등 질문을 던지며 아이를 온전한 인
격체로 존중하자. 아이들이 판단 능력이 없다고 생각하는
것은 어른들의 착각일 뿐이다. 어려서부터 인정받으며 자
란 아이가 자신을 존중할 줄 아는 아이로 자란다.

[출처] 인디언들의 자녀교육 10계명|작성자 bum4703

유럽의 산악열차

♣ 세상은 우리를 놀라게 하고 두렵게 하는 일들이 40%
는 지나간 일 때문이고 10%만이 현재의 일 때문이라고 합
니다. 또 우리가 근심하고 두려워하는 것들의 90%는 막
상 부딪쳐 보면 별것도 아닌데 공연히 근심하고 두려워하
는 것입니다.

♣ 근심을 많이 하는 사람은 근심을 하지 않는 사람보다
더 빨리 죽는다고 한다. 고혈압, 저혈압, 위장병, 관절염,
시력장애 등 대부분 질병의 70% 이상이 근심과 불안과
염려 때문에 생긴다는 것이다.

자신을 괴롭히는 성격 유형 7가지

[정신의학신문 : 정정엽 정신건강의학과 전문의
광화문 숲 정신건강의학과]
직장 스트레스는 매일 처리해야 하는 직무와 일상에서 겪는 어려움에 부담감이 겹쳐 발생합니다. 업무의 가중, 직업에 대한 불안감, 동료 및 상사와 소통해야 하는 환경에서, 누구나 스트레스를 받고 살아갑니다. 그러나 스트레스는 환경으로부터 오는 것만은 아닙니다. 우리가 지치고 예민해지는 이유 중 하나는 자신의 성격입니다. 예컨대 경쟁적이고 조급해하는 성격이나 비관적 사고를 가진 사람의 성격은 업무 스트레스에 더욱 민감하게 반응합니다.

성격적 특성과 스트레스가 만나면, 일상에서 다양한 방식으로 드러납니다. 우리는 일상에서 받는 스트레스에 얼마나 예민하게 반응할까요? 미국 작가 메리 뎀시는 '스스로 괴롭히는 성격 유형 일곱 가지'를 분석했습니다. 이 유형들은 그 자체로 과학적 이론은 아니지만, 사람들이 자신의 성격과 스트레스가 어떻게 상호작용하는지 스스로 확인해 볼 수 있는 직관적인 방법을 알려줍니다.

1. 남의 비위 맞추는 성격
남을 만족시키려 노력하는 사람들은 '모두가 행복하기를' 바랍니다. 그래서 이런 사람들은 직장에서 동료가 요구하는 것보다 더 많은 일을 해 줍니다. 또 다수의 이익을 위해 필요한 일이라면 뭐든 감당하려고 애쓰고, 그것이 자신의 의견과 상충 될지라도 기꺼이 희생합니다. 예를 들면 다들 꺼려하는 업무나 근무시간을 맡는 것이죠. 하지만 시간이 지나면서 이런 성격을 가진 사람은 자신의 진가를 몰라주는 주변 사람들에게 분개하기 시작합니다. 자신이 남들에게 보인 성의에 비해 돌아오는 인정은 턱없이 부족하기 때문입니다.

2. 빈틈없는 성격

자기 할 일에 엄격한 사람들은 '모든 일을 의무처럼 생각'합니다. 이들은 일에 열의를 보이고 책임지기를 좋아합니다. 이런 성향은 자신이 너무 많은 일을 한꺼번에 담당해야 하는 상황으로 몰아갑니다. 그러다 보면 여러 업무에 주의가 분산되어 일을 효율적으로 해결하지 못하게 됩니다. 그래서 이런 성격을 가진 사람들은 해야 할 일에 압도되거나 불안감을 느끼기 쉽습니다. '남의 비위를 맞추는 사람'이 주변에 인정을 원하는 것과 달리, '빈틈없는 성격을 가진 사람'은 스스로 효능감과 경쟁력을 원하기 때문에 많은 일을 도맡습니다.

3. 분투하는 성격

열정적으로 일하는 사람 중 야망에 차 있는 사람들은 경쟁심이 강한 성격 가지고 있다.

항상 주변 동료들과 비교해 직장 내에서 가장 유능한 직원으로 인정받기 원합니다. 다른 동료들의 성과나 승진을 시기하고, 질투심을 느끼죠. 이런 유형의 사람들은 항상 최고가 되고자 하는 욕구로 인해 스스로를 지치게 만듭니다.

4. 자아도취적 예술가 성격

이들은 열심히 일에 몰두하지 않습니다. 이들은 일을 완성도 있게 성취하는 데까지 얼마나 많은 노력이 필요한지 제대로 가늠하지 못합니다. 이런 모습은 주변 동료들이 얼마나 일을 열심히 하고 있는지 몰라서 또는 자신이 얼마나 일을 빠르게 처리할 수 있는지를 몰라서 그런 것일 수 있습니다.

결과적으로 이런 자아도취적인 성격은 매사를 느긋하게 처리하다 남들보다 뒤처지기 쉽습니다. 업무강도에 현실적인 감각이 없으면서도, 주위 사람들과 갈등을 피하고 싶어 상사나 동료와 소통하려 하지 않기 때문입니다. 그래서 업무에 문제가 커졌을 때는 바로잡기에 너무 늦거나 주변에 도움을 구하기 어려운, 고립된 상황일 수 있습니다.

5. 자기검열, 비판적인 성격

비판적인 성격을 가진 사람은 스스로에게 가장 치명적인 적이 됩니다. 이들은 스스로 아주 높은 기준을 설정하고 실수를 했을 때는 지나치게 자책하는 모습을 보입니다.

또 이런 성격을 가진 사람들은 과거의 실패나 결점을 매우 비효율적인 방식으로 곱씹어 생각하는 경향이 있습니다. 자신감은 떨어지고 부정적인 생각은 악순환 됩니다.

6. 걱정이 많은 성격
걱정이 많은 성격은 일어날지 일어나지 않을지 모르는 미래에 지나치게 집착해 생각합니다. 예측 불가한 것을 싫어하며 변수에 대응하기 위해 끊임없이 계획을 세웁니다. 이런 비현실적인 걱정은 스트레스를 발생시키고 오히려 현실적으로 문제 대응할 여력을 고갈시킵니다.

7. 일단 '버럭'하고 반응하는 성격
이런 성격을 가진 사람은 매사에 지쳐있고 날카로운 성격을 보입니다. 스트레스가 생기면 분노로 반응합니다. 이들은 동료에게 거친 표현으로 모욕을 주어, 주변 사람들이 불편하게 느낍니다. 이런 사람이 회사 내에 한 두 명만 있더라도 전체 분위기에 긴장감이 흐르게 해, 모든 사람의 업무에 방해가 됩니다. 이렇듯 성격 유형의 분석을 통해 직장 내 스트레스를 이해할 수 있을 뿐만 아니라 동료나 친구 가족, 공동체 구성원 등 사이에서 벌어지는 스트레스의 정체를 이해할 수 있습니다. 스트레스는 부정적 에너지가 몸속에 축적되어 있는 상태이기 때문에 방치하지 마시고 해소해주어야 합니다. 자신이 어디까지 버틸 수 있는지 한계를 설정하고 이를 벗어났을 때는 무조건 쉬시기 바랍니다.
출처 : 정신의학신문

사랑하는 매미

우리는 그 무엇보다도 건강을 위하여 마음을 지켜야 합니다. 재산보다도, 명예보다도, 권력보다도 우선 자기의 마음을 지켜야 합니다. ♣ 제임스 파이크(Jaman A.Pike)는 모든 불안은 궁극적으로 의지할 가치가 없는 것을 의지하는 데서 온다고 말했습니다. 놀만 필(Norman V.Peale) 박사는 사람이 하루에 몇 번씩 손을 씻거나 세수를 하듯이 마음을 세척 하라고 했습니다. ♣ 실패했던 것, 슬퍼했던 것, 억울하고 분했던 것, 손해 본 일들을 속히 잊어버리고 털어 버려야 합니다. 왜냐면 오래 간직하고 있으면 영적으로 정신적으로 육체적으로 건강할 수 없기 때문입니다.

행복하게 오래 사는 15가지 비결

https://blog.naver.com/bum4703/221876369338

1. 화를 내지 말자.

흥분할 때마다 수십만 개의 뇌세포가 죽는다.

2. 좋은 물을 많이 마셔라.

몸과 마음, 머리와 육체가 좋다.

3. 성격을 바꿔라

우울한 성격은 밝게 내성적이면 외향적으로

낙천적인 사람은 치매에 걸리지 않는다.

4. 뇌에 좋은 음식을 섭취하라.

호두, 잣, 토마토 등 뇌에 좋은 음식만 섭취하라

뇌가 젊어야 육체도 젊다.

5. 콩으로 만든 음식을 많이 먹자. 콩은 뇌의 좋은 영양

물질이 많고 육지에서 나오는 단백질 덩어리다.

6. 달걀을 많이 먹어라. 콜레스테롤 따위 신경 쓰지 말라.

노른자에 콜레스테롤이 많다는 학설은 폐기된 학설이다.

달걀만큼 완전한 식품은 없다.

7. 멸치를 자주 먹어라. 멸치는 보약이다.

뼈와 피에 좋은 보약이니 식탁 위에 두고 자주 먹자

8. 치아가 망가지면 바로 고쳐라. 이가 없으면

치매가 빨리 온다. 하늘이 준 오복 중에 하나다.

9. 호두를 굴려라

호두를 주머니에 넣고 다니며 자주 굴리기를 하라.

치매에도 좋고 혈을 자극해 온몸이 따뜻하다.

10. 손을 많이 써라. 화가와 글 쓰는 사람에게 치매가 없다.

11. 손가락을 자주 마찰하라.

뇌에 올라가는 혈을 자극해서 뇌를 좋게 한다.

12. 손을 뜨거울 때까지 비벼라.

그 손으로 온몸을 마찰하라. 피부도 좋아지고 건강에 최고다.

13. 집 앞을 쓸어라. 청소도 되고 운동도 된다.

14. 뜨겁게 사랑하라.

사랑이 뜨거우면 마음도 젊어지고 치매를 예방 한다.

15. 짜증을 내지 마라. 짜증을 내면 체질이 산성으로 바뀐다.

　　산성 체질은 종합병원이다.

출처 : 행복한 아침편지

[얼굴]이라는 책으로 베스트 셀러 작가 반열에 오른

미국의 과학 저널리스트 대니얼 맥닐은 그의 저서를 통해

판사들은 재판에 임할 때 공평무사하게 판결을 내리는 것

같지만 실제로는 재판 중에 미소를 짓는 피고인에게 더

가벼운 형량을 선고한다고 밝혔다. 가장 객관적이고

논리적인 곳이어야 할 법정에서도 웃음과 미소가

최고의 변호사가 될 수 있다는 이야기이다.

인생이 확 바뀌는 목표를 세우는 방법

목표는 왜 중요할까?

첫째, 목표는 현재 우리가 무엇을 해야 하는지를 알려준다. 목표가 없으면 행동을 제대고 계획하기도 조직화하기도 힘들다. 갈팡질팡 방황하며 그저 시간만 흘려보낼 가능성이 크다. 둘째, 목표는 가장 강력한 동기부여 요소 중 하나이다. 목표는 미래 사건에 대한 인지적 표상인데 대부분 무언가를 성취하는 것과 관련이 있다. 간절히 원하는 그 성취를 명확히 보게 될 때 우리는 없던 힘도 생겨나며 성공할 수 있다.

셋째, 목표는 현재 우리의 모습을 구체적으로 직시하게 한다. 목표라는 거점이 없었을 때는 자신이 어느 정도의 위치에 있는지 구체적으로 그려내기가 쉽지 않다.

하지만 기준으로 삼을 수 있는 목표가 선명하게 있다면 자신의 현재의 모습을 제대로 직시할 수 있게 된다.

지금까지 살펴 본 목표의 중요성을 보면 목표라는 것이 단순히 위성을 우주로 보내는 것에만 국한되지 않는다는 사실을 알 수 있을 것이다. 목표는 공부에 있어 매우 결정적인 역할을 한다. 그런데 불행하게도 2001년 미국에서 있었던 한 연구에서 대학생들을 포함 학습자들이 마음속에 분명한 목표가 없이 공부한다고 한다. 하지만 비단 미국만 그럴까? 신 박사는 최근까지 친구들을 대상으로

거의 4천 건에

육박하는 상담을 했다.

그런데 상담 중 압도적으로

많이 받은 질문은 다음과 같다.

"도대체 무엇을 해야 할지 모르겠어요."

즉, 목표가 없는 것이다.

무언가를 성취하기 위해서만이 아니라

인생의 행복을 위해서라도 목표를 세울 필요가 있다.

하지만 목표를 세울 때 그냥 세워서는 안 된다.

목표가 있는 것이 목표가 없는 것보다는 낫지만

실제 목표지점에 도착하기 위해서는 아무 생각 없이

목표를 세워서는 안 된다는 것이다.

잘 계획된 목표 설정이 없다면

그 목표를 성취할 가능성은 없다.

그렇다면 어떤 목표를 어떻게 세워야 할까?

목표 설정의 첫 단추는 목표의 성격을

제대로 규정짓는 것이다. 과연 그 목표가

'성장'을 위한 것인지 '증명'을 하기 위한 것인지 말이다.

[출처] 인생이 확 바뀌는 목표를 세우는 방법 |작성자 bum4703

인생이 편해지는 4가지 태도

"당신 스스로 하지 않으면
아무도 당신의 운명을 개선해 주지 않는다."
- 베르톨트 브레히트

쉬운 길만 찾아다녀도 어려운 게 인생이다.
경험이 중요하다고 하지만 일부러 사서 고생할 필요는 없다.
그렇게 고생 안 해도 어차피 충분히 고생하며 살 거니까.
우리는 피곤한 일을 안 만들거나 피하는 처세를 터득해야
한다. 별거 아닌 거 같지만, 이것이 삶의 질을 바꾸는 태도다.

1. 누군가 시비를 걸어오면 일단 인정해 줘라
긍정하진 말고 그냥 무슨 말인지 알겠으니 존중해 준다고
의사를 표시해라. 거기서 마무리되면 적당히 넘어가도 좋
지만, 그 이상 공격해 오면 빠른 제거가 최선이다.
쓸데없이 호승심 강한 타입은 늘 피곤하게 굴어 시간만
빼앗는다. 영양가 없다.

2. 어떤 부탁이든 흔쾌히 들어주지 마라.
잘 모르겠으면 일단 결정을 보류해야 한다.
판단이 쉽게 서는 일이라도 섣불리 결정하지 말고
혹시 더 챙길만한 요소가 있나 검토해 봐라.
경솔함이 별 게 아니다. 뭐든 바로 하는 걸 경솔하다고

한다. 생각나는 대로 말하고 기분 내키는 대로 결정하고.

3. 위험 통제가 안 되는 건 함부로 베팅해선 안 된다.
그게 사람이든 투자든 위험 요소를 내가 통제할 수 없다면 매우 경계해야 한다. 속수무책으로 당했다거나 어찌할 도리가 없었다는 말 쓰고 싶지 않다면 이 점을 반드시 명심해야 한다. 관리 안 되는 사람을 옆에 두고 대비할 수 없는 상황을 내버려 두는 일이 없어야 한다.

4. 중요한 거 아니면 양보하는 습관을 갖자.
웬만한 건 적당히 내줘도 사는 데 아무 지장 없다.
가장 중요하고 내게 꼭 필요한 것만 놓치지 말자.
괜히 자존심만 센 친구들은 쓸데없는 것에 이기려고 에너지를 낭비하는데 그렇게 살면 정작 중요한 건 반드시 놓치기 마련이다. 다 이길 필요 없다. 꼭 이겨야 할 것만 이기면 된다. 특정 상황에서 이러한 태도 변화만으로도 큰 효과를 볼 수 있다. 이런 노력은 불필요한 시간과 에너지 낭비를 막아 준다. 적을 만들지 않는 것, 귀찮은 일을 함부로 떠맡지 않는 것, 위험한 걸 가볍게 다루지 않는 것, 웬만한 건 배려하는 여유를 갖는 것. 적은 노력으로 큰 혜택을 누리는 태도라 할 수 있다. 출처 : 머니 맨

잠자는 능력 깨워 팀워크로 곱게 빚어내기

오케스트라를 지휘하는 자기는 정작 아무 소리도 내지 않습니다. 그는 얼마나 다른 이들이 소리를 잘 내게 하는가에 따라 능력을 평가받습니다. 다른 이들 속에 잠자고 있는 가능성을 깨워서 꽃피게 해주는 것이 리더십 아니겠습니까? - 벤 젠더, 보스턴 필 하모닉 지휘자

리더는 자기가 한일로 평가받지 않습니다.
리더는 조직 구성원들이 하는 일로 평가받게 됩니다.
따라서 조직 구성원에게 책임과 권한을 위양 하고
그들이 성공과 성장을 이뤄낼 수 있도록 섬기고
코칭하는 것이 리더의 역할이어야 합니다.
잠자는 능력 깨워 팀워크로 곱게 빚어내기
오케스트라를 지휘하는
 자기는 정작 아무 소리도 내지 않습니다.
그는 얼마나 다른 이들이 소리를 잘 내게 하는가에
따라 능력을 평가받습니다.
다른 이들 속에 잠자고 있는 가능성을 깨워서
꽃피게 해주는 것이 바로 리더십 아니겠습니까?
- 벤 젠더, 보스턴 필 하모닉 지휘자

리더는 자기가 한일로 평가받지 않습니다.
리더는 조직 구성원들이 하는 일로 평가받게 됩니다.
따라서 조직 구성원에게 책임과 권한을 위양 하고
그들이 성공과 성장을 이뤄낼 수 있도록 섬기고
코칭 하는 것이 리더의 역할이어야 합니다.

달아 달아 밝은 달아 이태백이 놀던 달아
저기 저기 저 달 속에 계수나무 밝혔으니
옥도끼로 찍어내어 금도끼로 다듬어서
초가삼간 집을 짓고 양친 부모 모셔다가
천년만년 살고 지고 천년만년 살고 지고
애달프면서도 또 한편으로는 부모님께
효의 도리를 다하고 싶다는 노래이다. ♧

성공 부르는 좋은 인상 만들기

성공은 사람들의 바람이자 이상이다. 성공을 원하는
사람들은 성공을 위해서 자기 계발에 노력하고 힘쓴다.
하지만 아무리 노력하고 또 노력해도 자기가 원하는 것을
쉽게 이루지 못하는 경우가 있다. 그렇게 되면 사람들은
자신의 외모를 탓하고 비관을 한다.
과연 외모만의 문제일까? 외모뿐 아니라 어떤 인상을
가지고 있느냐에 따라서 성공을 좌우할 수도 있다고
하는데 그렇다면 성공을 부르는 인상은 어떤 인상이며
그러한 인상 만드는 방법을 알아보자.

좋은 인상은 성공의 밑거름
사람이 만나서 인사하면서 처음으로 보는 곳이 바로 얼굴이다.
상대방의 첫인상은 얼굴만 보고 3초 만에 결정을 짓는다.
3초 동안 찡그린 인상을 하고 있다거나 불쾌한 표정을
짓고 있다면 당신은 처음 보는 그 상대방에게
별로 좋지 않은 인상을 남기게 된다.

좋지 않은 인상은 당연히 성공과 거리가 멀 수밖에 없다.
발전하는 사회, 개성이 강한 현대사회는 잘생긴 얼굴
예쁜 얼굴보다는 자신감이 있으며 건강하고 편안한
인상을 좋아한다.

미국의 링컨 대통령은 아무리 능력이 있어도
인상이 나쁜 사람에게는 일을 맡기지 않았다고 합니다.
잘생긴 얼굴이지만 찡그린 표정보다는 평범하지만
편안한 얼굴이 성공을 부릅니다."라고 설명을 하고 있다.
상대방에게 좋은 인상으로 대한다면
상대의 마음에 남겨지는 사람이 될 수 있다.
유유상종이라고 좋은 사람 곁에는
항상 좋은 사람이 모인다.

타인들이 자신의 좋은 표정을 보고
좋은 생각을 할 수 있다면 그 생각이 모이고 모여서
좋은 기운을 불러 일으켜 성공으로 이끄는 밑거름이 되며
결국 자신의 인상이 성공과 직결되는 것이다.
성공하고 싶다면 이렇게…
거울을 보고 자신의 인상을 가만히 들여다보자.
내 눈과 코, 입 등이 성공과 가까운 인상인지 살펴보고
아니라면 성공할 수 있는 얼굴 표정 만들기 운동을 해보자.
하루에 부위별로 한 번씩만 해주면 좋은 인상을 가질 수 있다.

이마 깨끗하고 밝은 이마는 출세를 부른다.
이마의 표준은 자기 손가락을 가로로 해서 3개가 나란히
들어간 것이며 이마의 언저리에 잔머리털이 많으면 근심
과 걱정을 나타내므로 항상 정리를 해 주어야 한다.
이마의 중앙이 밝고 빛이 나면 윗사람과의 유대가 좋다.

손끝으로 이마를 눌러주면 잔주름을 예방하고 양쪽 손바닥을 마찰을 시켜 이마에 대고 좋은 생각을 하면서 위로 당겨 올려주면 좋은 기운을 만들 수 있다.
(8회 정도 실시한다)

눈썹
 눈썹은 성품을 나타내는 장소이며
젊음과 매력을 발산하기도 한다.
서로 간의 대면 시 얼굴에서 제일 먼저 눈에 띈다.
눈썹 숱이 적당하게 있으면 성실하고 편하게 보이지만 숱이 많아 너무 짙게 보이면 고집이 세고 까다롭게 본고 있다.
반대로 너무 없어 희미하면 성격이 급하고
야무지게 보이지 않는다.
자기 전에 치아를 깨끗이 닦고 난 뒤 침을 엄지에 발라서 눈썹에 대고 밀어 주면 눈썹이 곱게 자란다.
평소에 양쪽 검지와 중지를 모아 로션을 발라서 눈썹의 앞에서 뒤쪽으로 밀어주면 멋있는 눈썹모양을 볼 수 있다.

눈
인상의 핵심 포인트는 눈이다. 정신은 잠을 잘 때는 마음에 가있고 활동을 할 때는 눈에 정착한다. 눈에서는 눈빛이 매우 중요하다. 모든 감정을 보여주는 눈은 눈빛이 고요히 안으로 감아들어야 건강하고 호감을 준다.
눈빛이 바깥으로 새어나오거나 눈동자가 제자리에 정착을

못하면 운이 나빠짐과 동시에 재난을 불러온다.

눈을 감고 중지를 이용해 눈앞부터 아래 부분, 눈꼬리, 관자놀이까지 눌러주기를 8회 정도 반복하고 손바닥을 마찰시켜 눈에 대고 좋은 생각을 자주하면 눈빛이 좋아진다.

명궁

눈썹과 눈썹 사이를 명궁이라 하고 운길을 보여주는 장소이며 제3의 눈이라 할 만큼 중요한 역할을 한다.
자기 손가락 1개 반에서 2개 정도 들어가면 표준이며 명궁은 주름이 없어야 좋다.
주름은 인상을 흐리게 하고 상대에게 불안감을 주며 인생을 찌들게 만드는 역할을 한다.
명궁이 밝고 깨끗하면 마음의 근심이 없고 마음이 건강하며 대인관계가 좋아 성공이 빠르다.
엄지와 검지를 모아서 명궁에 대고 둥글게 돌린다.

코

코는 자신을 말해주는 대표적인 장소이며 40대 운기의 절정기를 나타낸다. 콧등은 높낮이로 실행력과 자존심을 보여주고, 코끝이 둥글면 성격이 원만하고 뾰족하면 공격성이 강하다. 콧방울은 저 축력을 보여주어 단단하고 풍성하면 재물을 모은다. 자신감을 주는 코를 만들어 보자.
양손의 중지를 양쪽 콧방울부터 눈썹 머리까지 8회 정도 밀어 올려 준다.

입

입은 생활력과 언어구사 능력, 대인관계, 성격과 애정관계를 볼 수 있다. 대화를 할 때나 웃을 때 입술이 오른쪽이나 왼쪽으로 비틀어져 올라가면 대인관계가 원만하지 못하며, 입술의 양쪽 끝이 아래로 처지면 불만이 있어 보이고 인상이 밝지 못하다. 입을 벌리고 다니면 기력이 약해지고 야무지게 보이지 않는다. 혼자 있는 시간이나 독서를 할 때 입에 얇은 빨대를 매일 30분 정도 물고 있으면 입 끝이 보기 좋게 올라가 인상을 좋게 만든다.

귀

윤택한 귀는 건강과 장수를 부른다. 귀가 붉거나, 검거나 귀지가 많이 나오고 껍질이 벗겨지면 신장기능이 떨어지고 지구력이 약해져 사람을 만나는 일이 귀찮아진다.

귀는 신장을 대표하는 동시에 오장육부의 축소판이다.

이침(珥針)을 놓아 건강하게 하는 경우가 있다. 평소에 엄지와 검지로 귀의 전체를 약간 아프듯이 꼭꼭 집어주면 장부가 좋아지고 다이어트에도 효과를 주며 강한 파워력을 만들어 준다. 황세란 강사는 "인상은 숙명이 아닙니다. 마음먹기에 따라서 즉 심상에 따라서 겉모습이 변해간다는 것을 알아야 합니다. 얼굴은 마음먹는 순간부터 변화를 가지기 시작합니다. 하면 된다는 긍정적인 마음과 자신감을 가지고 노력한다면 내일은 달라져 있는 자신을 보게 될 것입니다."라고 충고한다.

출처 교육원 삼성 연수원 황 세란

검은물잠자리

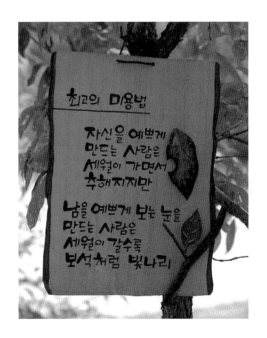

익어 가는 나

날마다
변함없이
오가는 세월이지만
잡을 수도 멈출 수도 없구나.

내 가슴엔 봄은 있고
못 이룬 꿈이 있어서
난 쉬어 가려는데
세월은 날 붙잡고 가네.

사계절 있는
긴 세월이지만
내가 먼저 한 치 앞을
내다 볼 수 없는 세월

시냇물처럼 흘러가는
그 세월 속에서
내 몸도 어쩔 수 없이
쉬지 않고 익어 가는 나 ♤

♧ 월간 공무원 연금지 2016년 1월호 게재

나는 어떤 열맬 맺을까

흘러가는 세월과
내 몸과 마음도
함께 익어간다

풀잎 위에
피는 꽃들 지면은
열매를 맺고

맺은 열매는
삶을 준비를
하고 있다가

세월과 함께
봄이 오면
태어나는데

익어 가는
나의 몸은
어떤 열맬 맺을까? ♣

어찌해야 합니까

보고 싶은 내 마음에
그리움이 밀물처럼
밀려서 들어오는데
어찌해야 합니까?

사랑하는 내 마음이
한낮의 태양 빛에
뜨거워지고 있는데
어찌해야 합니까?

사랑하는 내 마음이
주체할 수가 없게
그리워지고 있는데
어찌해야 합니까?

내 사랑은 오고 있나요?
왜 대답이 없습니까?
나는 알고 싶어요.
알려줄 수 없나요? ♣

세월아

세월아!

세월아!

너는 왜

　나와 함께

가려고 하나?

그러려면

세월아

고장이나

　나 불어라. ♧

♧ 월간 공무원 연금지 2018년 7월호 게재

http://blog.daum.net/kei7420/12381964 세월아

나는 무엇을 남길 것인가.

흘러가는 세월 속에서

내 인생은 세월과 함께

살아갈 날이 줄어만 가는구나.

지혜는

삶의 길을 밝혀주는

영혼의 등불

풀잎 위에

핀 꽃들도 지면

열매를 맺는다.

흘러가는 세월 속에서

내 몸은 익어 가는데

나는 무엇을 남길 것인가? ♣

고추나무

인생은 뿌린 대로 거두게 되어있다.

인생을 예찬하면 할수록 인생에서 축하할 거리
는 더 많아진다. 반대로 불평하면 할수록, 그리
고 티를 찾아내려고 하면 할수록 잘못이나 불행
을 더 많이 발견하게 된다. 세상과 인생사는 내
가 생각하고 실천한 대로 만들어진다. ♧

행복을 만드는 공장

웃다 보면 행복을 느낄 수 있다.
누가 뭐래도 내 마음이 먼저다.
내 마음은 행복을 만드는 공장
무엇을 하든 행복이 1순위이다.

나를 단단하게 하는 시간
생각만 해도 설레 이는 마음
일상의 기적을 만든 3분의 힘
지금 할 수 있는 일은 지금 한다.

실패는 행복으로 나아가는 과정
상처의 날들은 준비하는 시간
가슴 뛰게 하는 내 안의 별을 찾아 본다.
꿈을 꾸기 시작하면 변화가 시작 된다.

지금 꾸는 꿈이 나의 미래 이다.
나를 사랑하기 위한 여행을 떠난다.
행복한 내 인생에 박수를 보낸다.
나는 꽃처럼 좋은 삶을 살아가련다. ♣

낙엽

가지마다 푸른 잎
미풍에 나부끼며
자랑하고 뽐내다가

푸르던 그 잎 곱게
고이 간직할 줄
왜 몰랐던가?

세월 따라가는 푸른 잎
가을밤 된서리에
어느새 수채화가 되었구나.

하얀 달빛
빛나는 새벽 별
나뒹구는 낙엽

만물이 생동하며
움트는 그 봄날에
만나자는 기약도 없이

쉴 곳 없는 가엾은 낙엽은
무정하게도 흐르는 강물 위에서
내 마음을 떠나가네. ♣

사랑하는 임이시여

아름다운 꽃이
서로를 향하여 피어나듯이
사랑과 미소로
우리를 아름답게 해요

하나씩 쌓여가는
사랑으로 그리움이
쓸쓸한 외로움을
하나씩 없어지게 하면 좋아요.

진실한 사랑으로
서로를 향하는 미움이
마음속 파도에 부딪혀
하나도 없게 해요

다하지 못하는
아름다운 사랑은
우리의 마음속에서
꽃으로 피어나게 하면 좋겠어요. ♧

어쩌자는 것입니까

마음이 외로워서
사랑했습니다.
마음이 괴로워서
수필을 썼습니다.

밤하늘의 별들은
반짝이는데
강물은 하염없이
흐르고 흘러갑니다.

나는 홀로 서서
바라보고 있습니다.
애처롭게 생각하고
그대를 바라만 봅니다.

나 홀로 버려두고
기다리란 말입니까?
잊어버리자는 것입니까?
어쩌자는 것입니까? ♧

나 팔 꽃

신속하게 결정하고 재빠르게 수정하라. 잘못된 결정을 빨리 인식하고 바로잡는데 능숙 하라. 만약 잘못된 결정을 하더라도 진로를 올바르게 수정한다면 시행착오 비용이 생각보다 덜 들어간다. 반면 결정이 느려지면 치러야 할 대가가 상당하다. "비즈니스는 속도가 생명이다. 의사결정과 행동이 잘못되었다 하더라도 대부분은 나중에 되돌릴 수 있으니 지나치게 심사숙고할 필요 없다.

기쁨 주는 날

흔들리지 않고
피는 꽃이
어디 있으랴

걱정 없고
고난 없이
성공한 삶 없다

기뻐하고
감사하고
섬기면서 사랑하라

힘들어도
참아내고
즐겁게 노력하라

고난 뒤에
기쁨 주는 날은
언제나 온다. ♣

당신이 그리워요

마음에 불만이 없으니
항상 생활이 즐거워지고
마음에 감사를 가득 채우니
기뻐하면서 미소를 짓는다.

질투는 몸을 병들게 하고
욕심은 마음을 아프게 하니
질투와 욕심은 바람에 날려 보내고
마음을 언제나 비우니 행복하여라.

달콤한 말이 아니라도 좋습니다.
늘 용기를 주는 당신의 목소리가
즐거움을 주던 목소리가 그립습니다.
당신의 편안한 목소리가 그립습니다.

지혜로운 자는 길을 탓하지 않고
현명한 자는 남을 기꺼이 용서하고
당신은 잔잔한 호수처럼 살아가니
나는 당신이 그립 습니다. ♧

♣,·´´″\\ºº 노부호 교수의 글

노부호 대학교수 소속 서강대학교 (교수)
학력 버지니아공과대학교 대학원 경영학 박사
경력 2011.02 21세기 비즈니스포럼 공동대표
1997.09~1999.08 서강대학교 경영연구소 소장

미국 존스 홉킨스 대학의 암에 관한 내용입니다.
1. 사람들은 몸에 암세포를 가지고 있다.
   이 암세포들은 스스로 수십억 개로 복제될 때까지
   일반적 검사에는 나타나지 않는다.
2. 암과 싸우기 위한 효과적인 방법은?
   암세포가 증식하는데 필요한 영양분을 공급하지
   않음으로써 암세포를 굶어 죽게 하는 것이다.
3. 암세포의 영양분.
      a. 설탕은 암을 키운다. 설탕 섭취를 줄이는 것은
   암 세포에 영양분을 공급하는 중요한 한 가지를 없애는
   것이다. 이것 역시 해롭다. 좋은 자연적 대용품은 마누
   카 꿀 또는 당밀 같은 것이지만 이것도 매우 적은 분량
   이어야 한다. 식용 소금은 색을 하얗게 하려고 화학적
   첨가를 한다. 바다 소금(천일염)이다.
      b. 우유는 인체 특히 위장에서 점액을 생산하도록
   한다. 암은 이 점액을 먹는다.

따라서 우유를 줄이고 무가당 두유로 대체하면, 암 세
포는 굶어 죽을 것이다.

c. 암 세포는 산성(acid) 환경에서 나타난다. 육식
중심의 식생활은 산성이다. 생선을 먹는 것과 소고기나
돼지고기 보다, 약간의 닭고기가 최선이다. 『 또한 육류
는 가축 항생제 성장 호르몬과 기생충을 포함하고 있다. 』
이것들은 모두 해로운데, 특히 암 환자에게 해롭다.

d. 80% -신선한 채소와 주스, 잡곡, 씨, 견과류,
그리고 약간의 과일로 이루어진 식단은 인체가 알칼리
성 환경에 놓이도록 도와준다. 20%는 콩을 포함한 불
에 익힌 음식들이다. 신선한 야채 주스는 살아있는 효
소를 생산하며, 이것은 쉽게 흡수되어 15분 안에 세포
에까지 도달하고, 건강한 세포에게 영양을 공급하여 성
장을 돕는다. 건강한 세포를 만들기 위한 살아있는 효
소를 얻으려면 신선한 채소 주스 (콩의 새싹을 포함한
대부분의 채소 들)를 마시고,

『 하루에 두세 번 생채소를 먹도록 노력해야 한다. 』
효소는 화씨 104도 (섭씨 40도)에서 파괴된다.

e. 카페인을 많이 함유한 커피, 차(홍차), 초콜릿을
피하라. 『 녹차는 암과 싸우기 위한 좋은 대용품이다. 』
독소와 중금속을 피하기 위하여 수돗물이 아닌 정수된 물
을 마시는 것이 최선 이다. 증류된 물은 산성이다. 피하라.
4. 육류의 단백질은 소화가 어렵고 많은 양의 소화
효소를 필요로 한다.(과식은 피한다.)

소화되지 않은 육류는 창자에 남아서 부패되거나
더 많은 독소를 만들게 한다.

5. 암 세포벽은 견고한 단백질로 쌓여 있다.
육류 섭취를 줄이거나 삼가 함으로써, 더 많은 효소가
암세포의 단백질 벽을 공격할 수 있도록 하여
『 인체의 킬러 세포가 암 세포를 파괴하도록 만든다. 』

6. 몇몇 보조식품들 (IP6, Flor-ssence, Essiac, 항산
화제, 비타민, 미네랄, EFAs 등)은, 인체 스스로 암 세
포를 파괴하기 위한 킬러 세포를 활성화하여, 면역 체
계를 형성한다. 비타민E와 같은 다른 보조식품들은 유
전자에 의한 세포의 능동적 죽음 (아포토시스,
apoptosis) 또는 손상 입은 필요치 않은 세포를 인체의
자연적 방법에
의해, 없애는 프로그램 세포사를 일으키는 것으로 알려졌다.

7. 암은 마음, 육체, 정신의 질병이다. 『 활동적이고 긍
정적인 정신은, 암과 싸우는 사람을 생존자로 만드는 데
도움을 준다. 』 분노, 불관용, 비난은 인체를 스트레스
와 산성의 상태로 만든다.
　　『 사랑하고 용서하는 정신을 배워라 』

8. 암 세포는 유산소(oxygenate)　환경에서는 번성할
수 없다. 매일 운동을 하고 심호흡을 하는 것은 암 세
포를 파괴하기 위해 적용되는 또 다른 수단이다.
수준 높은 한국인의 건강 상식, [복습+실천] ♡

보리수나무는 가을에 익은 **빨간** 열매를 따서 설탕에
재여 두면 물이 우러나오는데 이것을 먹으면 천식이
감쪽같이 치료된다고 한다. 잎은 달여서 티눈과
십이지장충을 없애는 데 쓰고, 여자들이 월경이
멈추지 않고 계속될 때 열매와 줄기를 함께 달여서
복용하면 효험이 크다. 목재가 쪼개지지 않아
농기구나 지팡이를 만들면 아주 좋다.

국내 유명 전문의 20인이 말하는 건강 10계명

♣ 國內有名專門醫 20人이 말하는 健康10계명. ♣

◈ 1계명 /스트레스는 하루를 넘기지 말자!
스트레스는 만병의 근원! 긍정적 사고를 갖는 것이 중요!

① 건강의 가장 큰 적은 바로 스트레스!
스트레스는 불안, 초조, 우울 증세는 물론,
두통, 만성 피로 증상을 초래.
면역력 저하뿐만 아니라,
내분비계와 신경계를 교란시킬 뿐만 아니라,
인체 미네랄에 변화를 유발하여,
갑상선 질환, 당뇨, 아토피, 허혈성 심장병 및 중풍과 같은
뇌졸중을 유발하기도 한다.

② 스트레스는 통증을 유발하고 악화시키기도 한다.
스트레스 호르몬이 근골격계 관련 신경을 자극,
파괴시키고 통증을 유발하게 된다.
결국 스트레스가 통증을 부르고,
그 통증이 또 스트레스가 되는 악순환!
긍정적 사고는 고통마저 치료할 수 있다.

◈ 2계명/ 술은 2잔 이하, 이틀은 금주하자!
술에 의해 손상된 간이 회복되는 시간은 최소 이틀!

① 지난 한 해 1인당 소주 소비량이 61.6병에 이를 정도로 술을 많이 먹는 나라! 적당한 술은, 친구를 만들어주고, 심장질환을 예방하는데 도움이 된다고도 하지만, 2잔 이상의 음주는, 뇌세포를 파괴하기도 한다.
또한, 간에 기름을 끼게 해서 지방간을 형성, 간암으로 발전할 수도 있다. 술로 손상된 간이 회복되는데 최소한 이틀이 걸린다는 점을 명심할 것!

◈ 3계명/ 3대 건강 수치를 체크하자!
혈압·혈당·콜레스테롤수치를 아는 것이 성인병 예방의 지름길!

① 혈액은 우리 몸의 건강을 볼 수 있는 지표 중 하나!
특히, 한국인의 3대 사망 원인 중 하나인 심혈관 질환을 좌우하는 수치가 바로 혈당, 혈압, 콜레스테롤 수치이다.
정상 혈압은 120/80 mmHG,
정상 혈당은 공복 시 126mg/dl 이하,
정상 콜레스테롤 수치는 200mg/dl 이하가 정상!

② 3대 수치 중의 하나인 혈당은
최근 가장 많은 관심을 끌고 있는 건강 지표.
현재 당뇨 인구는 500만! 가히 당뇨 대란으로 불리 우고 있다. 당뇨로 인한 가장 무서운 합병증이 바로, 안과 질환!
백내장은 물론, 당뇨병성 망막증 및 녹내장.
심할 경우, 실명할 수도 있다.

◈ 4계명 /하루 30분씩, 1주일에 4회 이상 운동하자!
규칙적인 운동은 3대 수치 조절에 필수 조건!

① 비만은 이제, 21세기 인류가 싸워야 할 가장 무서운 공공의 적! 규칙적인 운동은 비만 방지는 물론, 질병에 대한 면역 기능도 증가. 체지방이 연소되기 시작하는 30분은 최소한의 운동 필요시간! 또한, 규칙적으로 1주일에 4회 이상은 해야, 효과를 볼 수 있다!

② 운동은 가장 싸고, 가장 뛰어난 최고의 의사!

특히 통증을 호소하는 환자들에게 주사보다, 약보다 먼저 권 하는 게 운동이다! 특히 근육 운동은, 무릎이나 허리를 지탱하는 힘을 키울 수 있으므로, 통증을 많이 느끼는 분일수 록, 근육 운동을 통해 힘을 키워야 한다!

◈ 5계명/ 5복 중 하나, 치아를 소중히 하자!

식후 3분 양치, 수백만 세균을 막을 수 있다!

① 예부터 왕을 뽑을 때 '니사 금'이라 하여 이를 물은 자국을 볼 정도로, 치아 건강은 중요! 이가 아픈 것으로 인한 통증과 스트레스는 매우 높다!! 이가 나쁘면, 제대로 먹지 못하고 제대로 먹지 못하면 건강할 수 없으니 치아 건강은 삶의 질과도 깊은 연관이 있다!

◈ 6계명/ 6대 영양소를 골고루 섭취하자!

(단백질 탄수화물 지방 비타민 미네랄 식이섬유)
  균형 잡힌 식사가 장수로 가는 지름길!

① 현대인은 영양 과잉인 동시에 부족 상태!
잘못된 식습관으로 고혈압, 고지혈증, 당뇨 등
많은 질환으로 고통받고 있다.

건강을 위해서는 골고루, 적당히 먹는 것이 중요한데
그중에서도, 꼭 섭취해야 할 6대 영양소가 바로
단백질, 탄수화물, 지방, 비타민, 미네랄, 식이 섬유이다.

② 한국적인 토종 식단은 6대 영양소를 섭취하기에 가장
이상적! 콩이 들어간 흰 쌀밥에, 된장국에, 나물을 함께
곁들인다면, 6대 영양소를 모두 골고루 섭취할 수 있다!
다만, 문제가 되는 것이 소금 이다.

하루 필요 소금 량은 5g인데,
한국인의 평균 소금 섭취량은 20g!
짜고 매운 음식으로 손상된 위에 헬리코박터 균이 있을
경우, 염증을 유발하고, 위가 손상되어 점막 층이
허물어지며 위궤양과 위암이 발생하기도 한다.

◈ 7계명/ 하루 7시간 이상 수면으로 면역력을 높이자!
충분한 수면은 좋은 호르몬을 분비!

① 밤에 자는 동안, 우리 몸은 낮 동안 손상당한 부분을
복구시키고, 준비하는 역할. 꿈을 꾸며 정신적인 스트레스를
정리하고, 운동으로 손상된 근육과 신경을 다시 이어준다.
이런 역할을 하기 위해, 밤이 되면 멜라토닌과 성장 호르
몬의 분비를 촉진. 잠을 제대로 자지 않는 것은, 총기 관
리를 하지 않은 채 전쟁터에 나가는 것과 같다!

수면이 부족하거나, 수면의 생체 리듬이 깨지면, 뇌의 혈
류가 나빠져 뇌의 기능이 저하되고 면역 기능도 떨어진다.
또 세포의 대사가 원활하게 진행되지 않기 때문에,
몸 안에서 노화가 빠르게 진행된다.

② 미인이 되고 싶다면 반드시 7시간 숙면을 취해야한다.
자는 동안 분비되는 멜라토닌은, 낮 동안 스트레스로 손상
된 피부세포를 회복시키고 세포 기능을 유지하는데 중요
한 역할 뿐만 아니라, 멜라토닌이, 멜라닌 합성을 억제하
므로 잠을 충분히 자야 뽀송뽀송하고 뽀얀 피부 미인이
될 수 있다!

또한 멜라토닌은 모발 성장에도 도움을 주므로
잠을 잘 자면 피부 미인은 물론, 탈모도 예방하는 셈!

◆ 8계명/ 20대 열정으로 80세까지 사랑하자!
건강한 성생활, 10년이 젊어진다!
① 여기서 말하는 열정이란, 건강의 가장 기본이 되는
성생활과 그 능력을 의미한다. 인간의 생식 기관은 죽을
때까지 쇠퇴하지 않는다. 또한 "섹스는 뇌로 한다."는 말
이 있을 정도로, 열정이 있다면, 80세까지 건강한
성생활을 누리는 일도 가능.

② 건강한 성생활을 통해 엔도르핀이 증가되고 두뇌가 활
성화된다. 엔도르핀은 우울증을 막아주며 스트레스에 대한
내성이 생겨 면역 기능도 강화된다.

③ 섹스는 육체적인 활동!
30분 동안 섹스는 500kcal의 열량을 소모 시키고
이는 조깅 1시간의 운동량과 맞먹는다.
이로 인해 혈액순환도 촉진농도가 높아서, 월경, 임신
출산 같은 생리 기능이 순조롭다. 이러한 여성 호르몬의
활발한 작용으로 산부인과 질환 예방에도 효과가 있다.
이처럼 체내 여러 가지 호르몬의 활성화와
심리적 안정으로 건강과 장수에 크게 도움이 된다!
되어 심혈관계 기능이 활발해진다.

④ 부부관계가 원만한 여성은 에스트로겐의 혈중

◈ 9계명/ 9전 10기! 끊임없이 금연에 도전하자!
금연만 해도 막을 수 있는 질환이 무려 천 가지!

① 흡연이 유발하는 암의 종류만 해도
폐암, 후두암, 췌장암 등 셀 수 없이 많다.
현재 발생하는 모든 암의 3-40%가 흡연 때문!
담배 1개는 5분 30초의 수명을 단축시키고,
10초당 1명이 사망하는 셈!

② 담배를 피우면, 폐활량이 줄어든다.

담배 속 유독 물질인 타르가, 폐 속의 폐 포를 파괴하고
이는, 폐가 공기를 방출하지 못하는 폐기종이라는 병에
걸릴 확률이 높아지게 된다.

실제 흡연자는 비흡연자에 비해 폐기종에 걸릴 확률이 10
배 이상 높다. 처음엔 폐활량만 감소하다가, 점점 갈수록,
호흡이 어렵고, 심한 고통을 경험할 수도 있다.

◈ 10계명/ 10대 질환, 정기 건강 검진으로 막자!
치명적인 질환도 조기발견으로 생존율을 높일 수 있다!

① 한국인의 10대 질환은
당뇨, 고혈압, 심장 질환, 비뇨기계 질환, 위, 십이지장
궤양 등인데, 이런 모든 건강 상태를 한 눈에 보여주는

것이 바로 건강 검진이다. 10대 질환을 미리 발견하면 조기 치료가 가능하고, 이것은 국가적으로 볼 때도 엄청난 건강 비용과, 수명을 아낄 수 있는 현명한 일! 1년에 한 번 씩은 꼭 건강 검진을 통해, 내 건강 상태를 확인하자

[출처] 國內有名專門醫 20人이 말하는 健康10계명.

하루 세 알을 먹는 남자

우리가 먹는 계란?

달걀이야말로 한 알의 완벽한 영양제다.

건강한 몸의 조건이 몸속 영양

균형과 보디 밸런스라면 이만한 음식이 없다.

완전한 몸을 원한다면 식탁 위 영양제는 치우고 달걀을 먹자.

◑ 천연 피로 예방 제

몸속 피로 물질을 해독하는 주요 기관은 간이다.

간의 해독 작용을 돕는 주요 성분은 메티오닌이다.

체내에서 쉽게 합성되지 않는 이 성분은 동물성

단백질에 많아 곡류를 주식으로 하는 우리나라

사람들에게 결핍되기 쉽다. 깨뜨리자! 달걀에는

피로 물질을 분해하는 메티오닌이 풍부하다.

메티오닌은 해독 작용 외에도 피로 회복과 항암 효과

혈압 강하 효과도 갖추고 있다. 달걀 성분은 조리법에 따

라 쉽게 파괴되지 않으므로 피로할 때 한 알씩 먹을 것을 권

한다.

◑ 시력을 지키는 노른자

미국 갤 버스턴 텍사스 주립대학교 안과 연구팀은

달걀노른자를 많이 먹으면 늙어서 실명할 위험이

줄어든다는 연구 결과를 발표했다.

노른자에는 루테인과 제아잔틴이라는

시력보호 물질이 많이 들어 있다.

이 노른자 속 시력보호 물질은 녹색 채소보다 6배 많이 들어 있다. 깨트리자! 식단 조절을 위해 달걀 섭취 시 노른자를 빼놓고 먹는 사람이 있다.

달걀흰자의 영양 성분은 단백질과 수분이 전부다.

달걀노른자에 모든 영양소가 들어 있으므로 반드시 노른자를 함께 섭취하는 것이 좋다.

◑ 노화를 막는 필수지방산

노화의 시작은 피부에서 시작된다. 동안 피부를 원한다면 달걀을 꾸준히 섭취하라. 피부 노화를 막고 저항력을 높이는 대표적인 영양 성분에는 필수지방산이 있다. 필수지방산은 체내에서 합성되지 않거나 합성되어도 그 양이 적어 음식을 통해 꾸준히 섭취해야 한다.

깨뜨리자! 달걀은 필수지방산이 풍부한 대표식품이다.

필수지방산과 함께 피부저항력을 높이는 대표 영양성분으로 레시틴을 꼽을 수 있다. 인지질 성분인 레시틴은 노른자의 70% 이상을 차지하고 있어 피부를 위해서도 반드시 섭취해야 한다.

◑ 정력을 키우는 콜레스테롤

정력에 좋다는 음식을 마다하지 않는 남자라면 달걀 섭취는 필수다. 달걀에 풍부한 콜레스테롤은 성호르몬과 관계있는 담즙 산의 주요 성분이기 때문이다. 성호르몬이 부족하면 정력 감퇴와 정서적 우울을 유발할 수 있다.

깨뜨리자! 달걀 섭취 시 콜레스테롤에 신경을 써야 하는 경우는 고혈압, 뇌졸중 같은 순환기 질병을 앓고 있는 사람이다. 달걀 속 콜레스테롤 수치를 낮추려면 들기름을 첨가해서 먹는 것이 좋다. 들기름 속 리놀렌산이 콜레스테롤의 체내 축적을 억제해주기 때문이다.

◑ 달걀에 대한 오해 3가지
껍질 색에 따라 영양이 다르다?
달걀의 껍데기는 닭의 품종에 따라 정해지며 성분에 영향을 끼치지 않는다. 달걀을 분석하면 노른자와 흰자는 물론 껍질을 형성하는 탄산칼슘까지 동일하다는 것을 알 수 있다.

◑ 유 정란이 무정란보다 우수하다?
결론부터 말하면 둘 사이 영양 차는 없다.
유 정란의 배아가 발달하려면 24℃ 이상에서 보관해야 하므로 서늘한 곳에 보관하는 식용 유 정란은 무정란과 영양차가 없다. 달걀노른자 색깔이 진할수록 영양이 풍부하다. 노른자 색은 크산토필이라는 황색색소가 침착되어 만들어진 것이다. 이는 비타민A의 성분이지만 체내에서 비타민으로 전환되지 않아 영양적으로는 차이가 없다.

◑ 달걀 섭취 가이드
하루 달걀 섭취 권장량 1일 2~3개 조리법에 따른 소화 속도 반숙 → 완숙 → 날달걀 순(소화율은 동일) 콜레스테롤 수치를 낮춰주는 음식 들기름, 새우젓

[출처] https://blog.naver.com/34922885/220425863689

물과 당신의 심장

잠자리에 들기 전에 물을 마시면 밤에 깨어나야 하기
때문에 자기 전에 물을 마시고 싶지 않다고 말하는
사람들 얼마나 많이 알고 계신지요.
제가 몰랐던 사실…
제가 의사에게 왜 사람들은 밤에 그처럼 자주 오줌을
누어야 하는가를 물었습니다. 심장병전문 의사의 답입니다.
당신이 서있을 때는 다리가 붙지요. 중력에 의해서 물이
당신의 몸 아래로 끌어당겨 있게 해놓기 때문입니다.
당신이 누워있어 하반신(다리 등)이 콩팥(신장)과
수평이 되게 되면, 그 때에 콩팥이 물을 제거하기
쉽기 때문에 그 일(밤 오줌)을 한답니다.
저는 당신이 몸에서 독소들을 세척하는데(씻어내는데)
최소한의 물이 필요하다는 것을 알고 있었으나
이것은 제게 새로운 정보였습니다.
물 마시는 시간을 제대로 잡으면 물이 몸에 주는 효능을
최대한 살릴 수가 있다. Black club (cards)
일어나자마자 2잔의 물 몸 체내의 기관들이 깨어나게 하
는 데 도움을 준다. Black club (cards) 식사하기 30
분 전에 1잔의 물 소화를 촉진시켜 준다. Black club
(cards) 목욕하기 전에 1잔의 물 혈압을 내려 준다.

Black club (cards) 잠자리에 들기 전에 1잔의 물 뇌

졸중이나 심장마비를 방지한다. 잠자리에 들기 전의 물은
자는 중에 오는 다리 경련을 방지하는 데 도움이 된답니다.
당신의 다리 근육이 수화(물)을 필요로 하기에 경련을 일
으켜 당신을 깨우는 것입니다. 심장 병전문의가 일러준
말입니다. 이 이 정보를 읽으신 회원님들마다 10곳 이상
옮겨 주신다면 아마도 한 사람의 생명을 구할 수 있을 것이
라고요. 당신은 어쩌실 건가요? 이 메시지 전하세요.
사람을 살릴 수 있습니다

[출처] 물과 당신의 심장
|작성자 홍 권사 종교인 사이트 주소
https://blog.naver.com/34922885/220425863689
(34922885) 문선명 선생의 사상과 이념을 갖고 살아간다 함

용서는 가장 큰 수행입니다.

마음에 박힌 독은 용서를 통해 풀어야 합니다.

남에 대한 용서를 통해 나 자신이 용서받게 됩니다.

또 용서를 통해서 그만큼 인간적으로 성숙할 수 있습니다.

그만큼 나의 그릇이 커집니다. 용서하면 나의 그릇이 그만

큼 더 커집니다. 나와 다른 사람, 사랑뿐만 아니라 미움과

증오까지 다 포용하기 때문입니다. ♧

건강하게 오래 사는 길

의학기술의 발전으로 인간은 삶의 질이 향상되고, 수명이 점차 연장되어가고 있다. 따라서 노인 인구 증가는 노령화 사회에 급속히 진입하면서, 노인 건강문제가 국가적 사회 문제로 등장 큰 관심사가 되고 있다.

사람은 단순히 오래 사는 것이 아니라, 건강하고 즐겁게 오래 사는 것이 목적이다. 경제적으로 윤택해지면서 우리 의 식생활이 점차 서구화되고 있다.

따라서 일상생활에서도 편리성만을 생각하여 힘을 적게 들이고 활동량을 줄이는 간편한 삶을 추구하고 있다.

요즘 건강 장수를 위한 여러 가지 식생활과 운동요법 등 이 인터넷이나 대중매체를 통하여 알려지면서, 몸에 좋고 건강에 도움이 된다면 모두가 현혹되기는 쉽지만, 끈기 있 게 오래 지속시키지 못하는 경우가 있다.

건강 장수의 비결은 아주 단순하고, 우리 주위에서 여러 가지 다양한 방법을 쉽게 찾을 수 있지만, 지속적인 실천 이 문제인 것 같다. 아래 소개하는 건강 유지 방법은 우 리가 생활하면서 손쉽게 적응할 수 있는 일상적인 것으로 누구나 얼마만큼 실천하느냐 하는 문제로 노년 생활에 건 강 유지를 소개하는 것이다.

첫째가 마음의 평화다.

스트레스는 만병의 근원이라고 한다. 지나친 욕심을 버리고, 쓸데없는 걱정에서 벗어날 수 있도록 편안한 마음을 가질 수 있는 자신의 노력이 필요할 것이다. 부정적인 생각보다는 긍정적인 생각으로 일상생활을 단순하게 살아가는 지혜가 마음의 평화를 이룰 수 있을 것이다.

둘째가 식생활 개선이다.

우리는 매일 먹는 음식물을 통하여 건강을 유지하고 때로는 병을 얻기도 한다. 가급적 물을 많이 마시고, 인스턴트 식품 보다는 영양소를 고루 갖춘 친환경농산물을 직접 조리해서 먹는 식생활로 바꾸어야 한다. 음식물로 보충이 안 되는 필요한 영양소는 비타민이나 칼슘제 등 건강보조식품으로 채워줄 수 있으면 금상첨화일 것이다.

셋째는 적당한 운동의 지속적인 실천이다.

걷기나 달리기, 등산, 헬스, 골프 등 건강을 지키기 위한 운동은 여러 가지가 있지만, 그것이 무엇이든 내 몸에 알맞은 운동을 하는 것이다. 처음 시작은 의욕적으로 하지만 시간이 지나면서 흐지부지되는 경우가 많다.

아무리 건강에 좋은 운동이라도 싫증을 느끼게 되면 오래 지속할 수가 없다. 내가 쉽게 할 수 있는 것으로 즐길 수 있어야 한다. "구슬이 서 말이라도 꿰어야 보배"라는 속담이 있다.

나이가 들면서 몸과 마음이 쇠약해지겠지만, 우선 마음을 기쁘게 할 수 있는 좋은 일과 추억을 되살리고, 수시로 몸을 움직일 수 있는 운동(몸놀림)을 통하여 몸을 가볍게 해야 한다. 건강을 지키면서 즐겁고 보람된 노년의 행복한 모습으로 살기 위해서는 자신의 지속적인 노력이 필요할 것이다. ♣

- 출처 : 실버넷 뉴스 -

♣ 세상사는 지혜 ♣

말이 앞서는 자는 실천이 소흘하고
행동이 앞서는 자는 생각이 소흘하고
사랑이 헤픈자는 믿음이 소흘하고

믿음이 헤픈자는 마음이 소흘하고
욕심이 과한자는 인정이 부족하고
가난에 주린자는 의지가 나약하고

인격이 부족한 자 배려에 소흘하고
저밖에 모르는 자 나눔이 부족하고
눈치에 예민한 자 아첨에 능하고

주위에 과민한 자 처세에 소심하고
침묵이 지나친 자 속내가 음흉하고
생각이 지나친 자 잔머리에 능하다. ♣

유대인의 가족 식사 [밥상머리 교육]

"고기를 잡아주기보다
고기 잡는 방법을 알려 준다"로
대표되는 유대인들의 특별한 교육관은
이미 전 세계인들의 주목을 받으며
자녀교육의 모범사례로 꼽힌다.

그 덕분일까?
노벨상 수상자의 30%가 바로 유대인이다.
이처럼 뛰어난 업적을 많이 남긴 유대인들에게도
밥상머리교육이 중요시되고 있다.

유대인들은 가족이 함께하는 식사는
감사의 기도로 시작해,
자녀는 자연스럽게 밥상에서 전통을 접하고
감사하는 마음을 갖게 된다고 한다.

유대인들은 밥상에서 어떤 잘못이 있어도
절대 아이를 혼내는 일이 없다고 한다.
유대인 부모들은 밥을 먹는 자리에서
가족과 나누는 대화를 소중하게 생각하기 때문에
꾸짖을 일이 있으면 식사 이후로 미룬다고 한다. ♧

답을 찾는 대신 질문을 찾아라.

리더는 모든 질문에 답해야 하고 모든 문제에 해결책을
제시해야 한다는 강박관념에서 벗어나야 한다. 리더는
질문에 대답하기보다는 질문하는 것에 익숙해야 한다.

"나는 어떤 질문을 할지 알아내기 어렵지만 일단 그것만
알고 나면 나머지는 정말 쉽다는 사실을 배웠다."

"나는 말을 해서 배운 것은 하나도 없다.
오로지 질문할 때에만 무언가를 배운다."

능력을 인정받은 일

시골 어느 포도농장에서 노동자들이 일하고 있었다.
그중 한 인부는 다른 인부들보다 특히 일솜씨가 뛰어났다.
어느 날 포도농장 주인은 일 잘하는 인부와 같이 포도밭
을 산책했다. 노동자들의 급료는 일당으로 매일 지불되고 있
었다. 마침내 하루 일이 끝나자 인부들은 줄을 지어 일당을
받으러 왔다. 인부들은 모두 똑같은 일당을 받고 있었다.
그들 가운데 가장 뛰어난 그 인부도
똑같은 수고비를 받았다.
그러자 다른 인부들이 농장 주인에게 화를 내며 말했다.

 "이 사람은 두 시간밖에 일하지 않고,
나머지 시간은 농장 주인과 함께 산책만 했습니다.
그런데도 그가 우리와 똑같은
수고비를 받는다는 것은 말도 안 됩니다."

그들이 항의에 농장 주인이 대답했다.
"당신들이 하루 동안 한 일보다
더 많은 일을
이 사람은 두 시간 동안에 해냈습니다."

 - 이야기 탈무드 中 - ♣

겉모습만 보고 판단하면
손해를 볼 수 있다.

미국에서 양대 명문사학 하면
「동부의 하버드대학교」와
「서부의 스탠퍼드대학교」를 꼽는다.

이 두 학교에 얽힌 일화입니다.
어느 날
허름한 옷차림의 노부부가
사전 약속도 없이
하버드대학교 총장실을 찾았다.
사전 약속도 없이 총장을 만나겠다고
찾아온 시골 촌뜨기 노인들이
곱게 보일 리 없다.

비서는 총장이 오늘 하루 종일
바쁘다는 핑계를 대며
그 노인들의 요구를
한마디로 딱 잘라 거절했다.

끈질긴 노부부의 자초지종에
비서는 면담을 주선했다.

총장은
초라하고 남루한 옷차림의 노인들을
만나는 것이
자기의 권위와 사무실 분위기에
어울리지 않는다며 못마땅했지만
딱히 거절할 명분도 없었다.

먼저 부인이 총장에게 말을 건넸다.
이 학교에 1년 다닌 아들이 하나 있었는데
무척 행복하게 생활했다고 소개했다.
그리고는 눈시울을 적시면서
1년 전에 사고로
세상을 떠났다는 이야기를 전했다.
그리고 오늘 총장을 뵈러 온 것은
캠퍼스 내에 그 아이를 위한 기념물을
하나 세우고 싶어서라고 말했다.

총장은 감동은커녕 놀라움만 나타냈다.
노부부에게 불퉁거렸다.
"우리는
하버드에 다니다 죽은 사람 모두를 위해
동상을 세울 수는 없습니다.
그렇게 되면 이곳은
아마 공동묘지같이 될 것입니다"

그러자 노부인이 고개를 내저었다.
"아니에요. 총장님 그게 아닙니다.
동상을 세우려는 것이 아니라
그 아이를 위해 하버드에
건물 하나를 기증하고 싶어서
오늘 총장님을 찾아온 것입니다."

총장은 의아해했다.
"건물이라고요?
건물 하나에 비용이 얼마나 드는지
알고 하시는 말씀입니까?
현재 하버드에는 750만 달러가
넘는 건물이 여러 채 있어요."
잠깐 말이 끊기고
총장은 내심 이제 돌아가겠거니 하고
기뻐하며 미소를 머금었다.

부인은 남편에게
얼굴을 돌려 조용히 말을 했다.
"대학교 하나 설립하는데 비용이
그것밖에 안 드는가 보죠.
그러지 말고 우리가 대학교
하나를 세우지 그래요."
남편은 고개를 끄덕였다.

이때 총장의 얼굴은 홍당무가 되어
당혹감으로 일그러졌고 두 내외는
말없이 바로 일어나서
곧장 미국 서부 캘리포니아의
고향 팔로알토로 향했다.

이곳에 바로 하버드대학교에서 푸대접받고
더는 돌보아주지 않는 아들의 영혼을 위해
자기들의 이름인
스탠퍼드 이랜드(Leland Stanford)에서
따온 이름으로
스탠퍼드대학교(Stanford Univ)를 설립,
서부의 명문대학교가 탄생한 것이다.

하버드대학교 총장은
겉모습의 남루한 노인을 보고
오만함과 편견으로
굴러들어온 복을 걷어차
학교 발전에 크게 해가 되었다.
우리는 살아가면서 사람의 겉모습을 보고
편견 있게 대하지 말아야 합니다.
오히려 돈 많은 부자는
검소하다는 것을 말해주고 있습니다. ♣

결혼에도 방학이 필요해.
우리 '휴혼' 하고 있다.

결혼의 돌연변이가 나타났다.
다름 아닌 '휴혼(休婚)'입니다.
글자 그대로 결혼을 쉬겠다는 의미입니다.
결혼 방학이라고 표현하면 쉽게 이해할 수 있다.

휴혼은 어떤 형태일까요?
〈나는 지금 휴혼 중입니다〉의 저자 박시현 작가는
"별거는 물리적 정서적 교류가 존재하지 않는다.
별거가 자신의 삶에서 상대를 빼는 방식이라면
휴혼은 말 그대로 '집'만 분리하는 거다.

별거 중인 부부가 남에 가깝다면
휴혼 중인 부부는 여전히 부부다"라고 말하고 있다.
평소엔 각자의 집에 살다가
주말엔 함께 지내는 것이 휴혼의 형태입니다.

결혼생활을 잠시 방학하는 개념이므로
일정 기간이 지나면 다시 합치게 됩니다.
이 점이 이혼이나 별거와는 다른 점이다.

- 출처 : 공무원 연금 김선혜 글 - ♣

일 출

중성지방 낮추려면
견과류· 채소· 등푸른생선 드세요

중성지방과 콜레스테롤은 대표적인 몸속 지방으로 높은 상태가 오래 지속 되면 동맥경화증을 일으켜 결국 뇌졸중이나 협심증, 심근경색증으로 이어지기 쉽다. 중성지방을 권고 수치 이하로 유지하는 것은 치명적인 심혈관, 뇌혈관 질환 예방에 필수적이다. 중성지방을 높이는 3대 요인은 ▲탄수화물 ▲포화지방산 ▲알코올이다.

우선 밥, 빵, 떡 등 탄수화물의 과도한 섭취를 줄인다. 밥만 먹어도 중성지방이 수치가 올라간다. 한국인의 총 섭취 열량 중에서 차지하는 탄수화물의 비율(65.6%·국민건강영양조사)을 60%대로 낮출 필요가 있다고 전문가들은 말한다. 그만큼 줄어든 열량은 단위당 칼로리가 같은(4kcal/g) 단백질 섭취량을 증가해 보충하는 것이 바람직하다. 알코올은 영양소는 거의 없으면서 열량만 있어 과도하게 섭취하면 중성지방을 높이는 주범이 될 수 있다.

중성지방을 낮추려면 '포화지방산' 섭취량을 줄이는 것이 최선이다. 삼겹살이나 갈비를 구울 때 나온 기름이 시간이 지나면 하얗게 굳는데 이것이 포화지방산이다. 포화지방산은 불포화지방산보다 몸 안에서 중성지방으로 더 쉽게 바뀐다. 포화지방산은 육류(삼겹살, 햄, 소시지, 곱창 등)에도 있지만 제과류(케이크, 아이스크림, 도넛, 파이, 비스킷 등)나 팜유

(라면, 커피프림 등) 등에 많이 들어 있다는 것을 알아야 한다.

포화지방산 섭취를 줄이려면 갈비나 삼겹살 등 기름진 육류 섭취를 가급적 줄이고 필요한 단백질은 생선이나 두부로 대신하는 것이 바람직하다. 버터나 돼지기름, 마요네즈 등에는 포화지방산이 많으므로 조리할 때 이들을 피해야 한다.

단, 포화지방산 섭취가 너무 적으면 뇌 혈관의 출혈 위험이 높아질 수 있으므로 성인 기준으로 하루 총 열량의 7~8%, 즉 15g쯤 먹도록 한다.

섬유소는 장에서 지방 흡수를 억제하므로 충분히 섭취해야 한다. 분당서울대병원 가정의학과 김주영 교수는 "섬유소가 풍부한 채소는 가능한 충분히 먹는 것이 좋지만 과일은 적당히 먹어야 한다. 과일은 당분이 많아 잠자기 전 과일을 많이 먹으면 다음 날 혈중 중성지방 수치가 높아진 것을 확인할 수 있다"고 말했다.

등푸른 생선이나 견과류 등에 풍부한 오메가-3도 간에서 중성지방 합성을 억제한다. 고등어, 꽁치와 같은 생선, 들기름, 호두와 땅콩 등의 견과류를 통해 오메가-3을 하루 2~4g 가량 섭취하면 좋다. 싱싱한 고등어 한 토막에는 0.5~1g의 오메가-3이 함유돼 있다.

운동도 중요한 역할을 한다. 연세조홍근내과 조홍근 원장은 "운동만 시작해도 짧은 기간 안에 중성지방 수치가 절반 이하로 떨어진다"고 말했다. 주 3회 이상 숨이 가볍게 찰 정도의 유산소 운동과 아울러 근력운동을 하면 체지방이 근육으로 바뀌면서 중성지방도 낮아진다.

국내 유명 전문의 20인이 말하는 건강 10계명

♣國內有名專門醫 20人이 말하는 健康10계명. ♣

◈ 1계명 /스트레스는 하루를 넘기지 말자!

스트레스는 만병의 근원! 긍정적 사고를 갖는 것이 중요!

① 건강의 가장 큰 적은 바로 스트레스!
스트레스는 불안, 초조, 우울 증세는 물론, 두통, 만성 피로 증상을 초래. 면역력 저하뿐만 아니라, 내분비계와 신경계를 교란시킬 뿐만 아니라, 인체 미네랄에 변화를 유발하여, 갑상선 질환, 당뇨, 아토피, 허혈성 심장병 및 중풍과 같은 뇌졸중을 유발하기도 한다.

② 스트레스는 통증을 유발하고 악화시키기도 한다.
스트레스 호르몬이 근골격계 관련 신경을 자극, 파괴시키고 통증을 유발하게 된다. 결국 스트레스가 통증을 부르고, 그 통증이 또 스트레스가 되는 악순환!
긍정적 사고는 고통마저 치료할 수 있다.

◈ 2계명/ 술은 2잔 이하
이틀은 금주하자!

술에 의해 손상된 간이 회복되는 시간은 최소 이틀!

① 지난 한 해 1인당 소주 소비량이 61.6병에
이를 정도로 술을 많이 먹는 나라!
적당한 술은, 친구를 만들어 주고, 심장질환을 예방하는데
도움이 된다고도 하지만, 2잔 이상의 음주는 뇌세포를 파
괴하기도 한다. 또한, 간에 기름을 끼게 해서 지방간을 형
성 간암으로 발전할 수도 있다. 술로 손상된 간이 회복되
는데 최소한 이틀이 걸린다는 점을 명심할 것!

◈ 3계명/ 3대 건강 수치를 체크하자!
혈압·혈당·콜레스테롤 수치를 아는 것이
성인병 예방의 지름길!

① 혈액은 우리 몸의 건강을 볼 수 있는 지표 중 하나!
특히, 한국인의 3대 사망 원인 중 하나인 심혈관 질환을
좌우하는 수치가 바로 혈당, 혈압, 콜레스테롤 수치이다.
정상 혈압은 120/80 mmHG,
정상 혈당은 공복 시 126mg/dl 이하
정상 콜레스테롤 수치는 200mg/dl 이하가 정상!

② 3대 수치 중의 하나인 혈당은 최근 가장 많은 관심을
끌고 있는 건강 지표. 현재 당뇨 인구는 500만! 가히
당뇨 대란으로 불리 우고 있다. 당뇨로 인한 가장 무서운
합병증이 바로, 안과 질환! 백내장은 물론, 당뇨병성
망막증 및 녹내장. 심할 경우, 실명할 수도 있다.

◈ 4계명 하루 30분씩
1주일에 4회 이상 운동하자!
규칙적인 운동은 3대 수치 조절에 필수 조건!

① 비만은 이제, 21세기 인류가 싸워야 할 가장 무서운 공공의 적! 규칙적인 운동은 비만 방지는 물론, 질병에 대한 면역 기능도 증가. 체지방이 연소되기 시작하는 30분은 최소한의 운동 필요시간! 또한, 규칙적으로 1주일에 4회 이상은 해야, 효과를 볼 수 있다!

② **운동은 가장 싸고, 가장 뛰어난 최고의 의사!**
특히 통증을 호소하는 많은 환자들에게 주사보다, 약보다 먼저 권 하는 게 바로 운동이다! 특히 근육 운동은, 무릎이나 허리를 지탱하는 힘을 키울 수 있으므로, 통증을 많이 느끼는 분일수록, 근육 운동을 통해 힘을 키워야 한다!

◈ 5계명 5복 중 하나, 치아를 소중히 하자!
식후 3분 양치, 수백만 세균을 막을 수 있다!

① 예부터 왕을 뽑을 때 '니사금'이라 하여 이를 물은 자국을 볼 정도로, 치아 건강은 중요! 이가 아픈 것으로 인한 통증과 스트레스는 매우 높다!! 이가 나쁘면, 제대로 먹지 못하고, 제대로 먹지 못하면 건강 할 수 없으니

치아 건강은 삶의 질과도 깊은 연관이 있다!

◈ 6계명 6대 영양소를 골고루 섭취하자!

(단백질 탄수화물 지방 비타민 미네랄 식이섬유)
균형 잡힌 식사가 장수로 가는 지름길!

① 현대인은 영양 과잉인 동시에 부족 상태!
잘못된 식습관으로 고혈압, 고지혈증, 당뇨 등
많은 질환으로 고통받고 있다.
건강을 위해서는 골고루, 적당히 먹는 것이 중요한데,
그중에서도, 꼭 섭취해야 할 6대 영양소가 바로,
단백질, 탄수화물, 지방, 비타민, 미네랄, 식이섬유이다.

② 한국적인 토종 식단은 6대 영양소를 섭취하기에 가장
이상적! 콩이 들어간 흰 쌀밥에, 된장국에, 나물을 함께
곁들인다면, 6대 영양소를 모두 골고루 섭취할 수 있다!
다만, 문제가 되는 것이 바로 소금이다!

하루 필요 소금 량은 5g인데, 한국인의 평균 소금 섭취량
은 20g! 짜고 매운 음식으로 손상된 위에 헬리코박터 균
이 있을 경우, 염증을 유발하고, 위가 손상되어 점막 층이
허물어지며 위궤양과 위암이 발생하기도 한다.

◈ 7계명 하루 7시간 이상 수면으로
면역력을 높이자!

충분한 수면은 좋은 호르몬을 분비!

① 밤에 자는 동안, 우리 몸은 낮 동안 손상당한 부분을 복구시키고, 준비하는 역할. 꿈을 꾸며 정신적인 스트레스를 정리하고, 운동으로 손상된 근육과 신경을 다시 이어준다. 이런 역할을 하기 위해, 밤이 되면 멜라토닌과 성장 호르몬의 분비를 촉진. 잠을 제대로 자지 않는 것은, 총기 관리를 하지 않은 채 전쟁터에 나가는 것과 같다!
수면이 부족하거나, 수면의 생체 리듬이 깨지면, 뇌의 혈류가 나빠져 뇌의 기능이 저하되고 면역기능도 떨어진다.
또 세포의 대사가 원활하게 진행되지 않기 때문에,
몸 안에서 노화를 빠르게 한다.

② 미인이 되고 싶다면 반드시 7시간 숙면을 취해야한다. 자는 동안 분비되는 멜라토닌은, 낮 동안 스트레스로 손상된 피부세포를 회복시키고 세포 기능을 유지하는데 중요한 역할 뿐만 아니라, 멜라토닌이, 멜라닌 합성을 억제하므로 잠을 충분히 자야 뽀송뽀송하고 뽀얀 피부 미인이 될 수 있다! 또한 멜라토닌은 모발 성장에도 도움을 주므로,
잠을 잘 자면 피부 미인은 물론, 탈모도 예방하는 셈!

◈ 8계명 20대 열정으로 80세까지 사랑하자!

건강한 성생활, 10년이 젊어진다!

① 여기서 말하는 열정이란,

건강의 가장 기본이 되는 성생활과 그 능력을 의미한다.
인간의 생식 기관은 죽을 때까지 쇠퇴하지 않는다.
또한 "섹스는 뇌로 한다."는 말이 있을 정도로, 열정이
있다면, 80세까지 건강한 성생활을 누리는 일도 가능.

② 건강한 성생활을 통해 엔도르핀이 증가되고 두뇌가 활
성화된다. 엔도르핀은 우울증을 막아주며 스트레스에 대한
내성이 생겨 면역 기능도 강화된다.

③ 섹스는 육체적인 활동!

30분 동안 섹스는 500kcal의 열량을 소모시키고, 이는
조깅 1시간의 운동량과 맞먹는다. 이로 인해 혈액 순환도
촉진농도가 높아서, 월경, 임신, 출산 같은 생리기능이 순
조롭다. 이러한 여성 호르몬의 활발한 작용으로 산부인과
질환 예방에도 효과가 있다. 이처럼 체내 여러 가지 호르
몬의 활성화와 심리적 안정으로 건강과 장수에 크게 도움
이 된다! 운동이 되어 심혈관계 기능이 활발해진다.

④ 부부관계가 원만한 여성은 에스트로겐의 혈중

◈ 9계명 **9전 10기! 끊임없이 금연에 도전하자!**

금연만 해도 막을 수 있는 질환이 무려 천 가지!

① 흡연이 유발하는 암의 종류만 해도, 폐암, 후두암, 췌장암 등 셀 수 없이 많다. 현재 발생하는 모든 암의 3-40%가 흡연 때문! 담배 1개비는 5분 30초의 수명을 단축시키고 10초당 1명이 사망하는 셈!

② 담배를 피우면, 폐활량이 줄어든다.
담배 속 유독 물질인 타르가, 폐 속의 폐 포를 파괴하고 이는, 폐가 공기를 방출하지 못하는 폐기종이라는 병에 걸릴 확률이 높아지게 된다. 실제 흡연자는 비흡연자에 비해 폐기종에 걸릴 확률이 10배 이상 높다.
처음엔 폐활량만 감소하다가, 점점 갈수록, 호흡이 어렵고 심한 고통을 경험할 수도 있다.

◈ 10계명 **10대 질환, 정기 건강 검진으로 막자!**

치명적인 질환도 조기발견으로 생존율을 높일 수 있다!

① 한국인의 10대 질환은 당뇨, 고혈압, 심장 질환, 비뇨기계 질환, 위, 십이지장 궤양 등인데, 이런 모든 건강 상태를 한 눈에 보여주는 것이 바로 건강 검진이다. 10대 질환을 미리 발견하면 조기 치료가 가능하고, 이것은 국가적으로 볼 때도 엄청난 건강 비용과, 수명을 아낄 수 있는

현명한 일! 1년에 한번 씩은 꼭 건강 검진을 통해, 내 건강 상태를 확인하자

◈ 하루 세 알로 남자가 바뀐다.◈

우리가 먹는 계란? 달걀이야말로 한 알의 완벽한 영양제다. 건강한 몸의 조건이 몸속 영양 균형과 보디 밸런스라면 이만한 음식이 없다. 완전한 몸을 원한다면 식탁 위 영양제는 치우고, 달걀을 먹자.

◐ 천연 피로 예방 제

몸속 피로 물질을 해독하는 주요 기관은 간이다.

간의 해독 작용을 돕는 주요 성분은 메티오닌이다.

체내에서 쉽게 합성되지 않는 이 성분은 동물성 단백질에 많아 곡류를 주식으로 하는 우리나라 사람들에게 결핍되기 쉽다. 깨뜨리자! 달걀에는 피로 물질을 분해하는 메티오닌이 풍부하다. 메티오닌은 해독 작용 외에도 피로 해소와 항암효과, 혈압 강하 효과도 갖추고 있다.

달걀 성분은 조리법에 따라 쉽게 파괴되지 않으므로

피로할 때 한 알씩 먹을 것을 권한다.

◐ 시력을 지키는 노른자

미국 갤 버스턴 텍사스 주립대학교 안과 연구팀은 달걀 노른자를 많이 먹으면 늙어서 실명할 위험이 줄어든다는 연구 결과를 발표했다. 노른자에는 루테인과 제아잔틴이라는 시력보호 물질이 많이 들어 있다.

이 노른자 속 시력보호 물질은 녹색 채소보다 6배 많이 들어 있다. 깨트리자! 식단 조절을 위해 달걀 섭취 시 노른자를 빼놓고 먹는 사람이 있다. 달걀흰자의 영양 성분은 단백질과 수분이 전부다. 달걀노른자에 모든 영양소가 들어 있으므로 반드시 노른자를 함께 섭취하는 것이 좋다.

◐ 노화를 막는 필수지방산
노화의 시작은 피부에서 시작된다. 동안 피부를 원한다면 달걀을 꾸준히 섭취하라. 피부 노화를 막고 저항력을 높이는 대표적인 영양 성분에는 필수지방산이 있다. 필수지방산은 체내에서 합성되지 않거나 합성되어도 그 양이 적어 음식을 통해 꾸준히 섭취해야 한다. 깨뜨리자! 달걀은 필수지방산이 풍부한 대표식품이다. 필수지방산과 함께 피부저항력을 높이는 대표 영양성분으로 레시틴을 꼽을 수 있다. 인지질 성분인 레시틴은 노른자의 70% 이상을 차지하고 있어 피부를 위해서도 반드시 섭취해야 한다.

◐ 정력을 키우는 콜레스테롤 정력에 좋다는 음식을 마다하지 않는 남자라면 달걀 섭취는 필수다. 달걀에 풍부한 콜레스테롤은 성호르몬과 관계있는 담즙 산의 주요 성분이기 때문이다. 성호르몬이 부족하면 정력 감퇴와 정서적 우울을 유발할 수 있다. 깨뜨리자! 달걀 섭취 시 콜레스테롤에 신경을 써야 하는 경우는 고혈압, 뇌졸중

같은 순환기 질병을 앓고 있는 사람이다.

달걀 속 콜레스테롤 수치를 낮추려면 들기름을 첨가해서 먹는 것이 좋다. 들기름 속 리놀렌산이 콜레스테롤의 체내 축적을 억제해주기 때문이다.

◑ 달걀에 대한 오해 3가지

껍질 색에 따라 영양이 다르다?

달걀의 껍데기는 닭의 품종에 따라 정해지며 성분에 영향을 끼치지 않는다. 달걀을 분석하면 노른자와 흰자는 물론 껍질을 형성하는 탄산칼슘까지 동일하다는 것을 알 수 있다.

◑ 유 정란이 무정란보다 우수하다?

결론부터 말하면 둘 사이 영양의 차이는 없다.

유 정란의 배아가 발달하려면 24℃ 이상에서 보관해야 하므로 서늘한 곳에 보관하는 식용 유 정란은 무정란과 영양차가 없다. 달걀노른자 색깔이 진할수록 영양이 풍부하다. 노른자 색은 크산토필이라는 황색색소가 침착되어 만들어진 것이다. 이는 비타민A의 성분이지만 체내에서 비타민으로 전환되지 않아 영양적으로는 차이가 없다.

◑ 달걀 섭취 가이드

하루 달걀 섭취 권장량 1일 2~3개 조리법에 따른 소화 속도 반숙 → 완숙 → 날달걀 순(소화율은 동일) 콜레스테롤 수치를 낮춰주는 음식 들기름 새우젓

일 출

홍삼의 효능

혈당조절기능

당뇨병 환자에게 고려홍삼을 투여하면 혈당량이 저하되고, 인슐린 투여량 감소가 가능하다는 임상연구 결과가 경북 의과대학 오 꾸다 교수, 오사카 닛세이 병원 야미모토 박사, 일본 시립 야와따하마 종합병원의 요시다 박사 등에 의하여 발표되었습니다.

혈압조절기능

일본 일생병원 산본 박사팀은 홍삼이 혈압에 미치는 영향으로 저혈압은 혈압을 높이고, 고혈압은 혈압을 강하시켜 혈압을 정상이 되게 할 뿐 아니라 정상 혈압은 뚜렷한 혈압 변동이 없다는 연구 결과를 발표하였습니다.

정력 강화기능

연세대 영동 세브란스병원 최형기 교수는 고려홍삼은 자양강장제로 성호르몬의 생성을 촉진 시키고 음경 내 혈류를 증가시켜 정력증진 기능과 발기부전증 치료에 효과가 있다는 연구 결과를 발표 하였습니다.

혈액 순환촉진기능

부산의대 부학장 구마가이 박사는 고려홍삼에는 혈관 벽에 콜레스테롤이 축적되는 것을 막아 동맥경화는 물론 심장질환까지 예방해주는 탁월한 성분이 있고, 혈액속의 세포증식인자를 줄여 혈전을 막고 혈액 순환을 촉진, 뇌졸중 등을 예방하는 효과가 있다고 발표하였습니다.

면역기능
연세대 암센터의 김병수 원장은
항암제 투여로 야기되는 면역기능 저하를 복원시키는데
인삼 사포닌이 매우 유효하다고 대한암학회지에 발표했고

일본 오사카 방사능센터의 요네자와 박사팀은
현재 인삼이 방사선 방어 물질로 가장 유명 시 되고 있는
재료임을 강조 하였습니다.

두뇌 활동기능
일본 도쿄대학 약학부의 노부요시니시야마 교수는
인삼 사포닌 진세노사이드 Rg1 성분이 신경 세포 생존율 증가와 분화, 발육 등 신경계 기능에 중요한 역할을 하는 효소가 활성화되는 효과가 있음을 발표 하였습니다.

신체 조절기능
홍삼의 효과 중 중요한 것은 어댑토겐(Adaptogen : 순응계) 효과로써 주위 환경으로부터 오는 각종 유해 작용인 눈병, 각종 스트레스 등에 대한 방어능력을 증가시켜 생체가 보다 쉽게 적응하도록 하는 능력이 있음이 과학적으로

입증되고 있습니다.

항암 기능

원자력병원 윤 택 구 박사는

1950년대 후반부터 암에 대한 화학요법, 면역요법, 병행 요법 등 실험적 및 역학적 연구를 수행한 결과 홍삼이 암 세포를 죽일 수 있는 생체 내 자연 살해 세포(Natural Kill Cell)의 활성 증진에 현저한 효과와 항 발암작용과 암 예방 효과를 보이는 기능식품임이 증명되었다고 발표하였습니다.

♣ 國內有名專門醫 20人이 말하는 健康10계명. ♣
　홍삼의 효능
|작성자 홍 권사 종교인 사이트 주소
https://blog.naver.com/34922885/220425863689
(34922885) 문선명 선생의 사상과 이념을 갖고 살아간다 함

행복의 비결

행복의 비결은
첫째, 가능한 폭넓은 관심을 가질 것,
둘째, 당신의 관심을 끄는 사물들과 사람들에게
적대적인 반응보다는 우호적인 반응을 보일 것.

- 버트런드 러셀

건강관리 정보

무엇을 먹느냐에 따라 뇌 기능이 달라진다.

육류보다는 생선과 채소를 먹으면 건강에 좋다.

뇌는 많이 사용할수록 건강하다. 운동이 뇌에 활력을 준다.

인스턴트식품은 뇌에 혼란을 가져오고

뇌를 형성하는 영양소는 자연식품 안에 있다.

포화 지방은 기억력을 떨어뜨린다.

생선의 지방 섭취는 뇌 손상을 예방하고 우울증을 완화한다.

올리브유는 기억력을 보존해 준다.

염색, 흡연, 흰머리 뽑아도 탈모 된다.

통풍 잘 되는 모자가 좋다.

모기와 하루살이

무더운 여름철인데 모기와 하루살이가 만났다.

그런데 비가 내린다. 모기는 비가 계속 내리니까

하루살이에게 내일 만나자고 한다.

하루살이는 내일이 무슨 내일이냐.

하루살이에게는 내일도 없고 어제도 없다.

오직 하루뿐이다. 인간은 여기에 비하면 삶이

아무리 힘들어도 무슨 탄식을 하겠는가. 공동

사회에서 서로 섬기고 사랑을 하면서 후손들을 위하여 이

세상에 업적을 많이 남기면서 즐겁고 감사하게 좋은 삶을

함께 살아가야 한다.

머리 숙인 벼

벼처럼 겸손하라

나의 일을 사랑하고 부지런하고

제 일인자가 되려는 강한 마음으로 부단히

연구하고 노력을 하면서 살아가고 있다.

오바마 대통령은 선물을 받은 자리에서

미국 오바마 대통령은 선물을 받은 자리에서
'상선약수(上善若水)'의 4글자 가운데
마지막 글자인 수(水) 자를 손가락으로 가리키며
이 글자의 의미는 워터(water·물) 라고 알고
있다. 고 말했다 하네요.
그러면서 휘호가 "무슨 뜻이냐"고 물었다고 하는데
반기문 유엔 사무총장이 물은 세상을 이롭게 하면서도
자신을 드러내지 않는 특성이 있다. 고 답하자
오바마 대통령은 정말로 감사하다.
인사를 하였다. 말을 합니다.

『도덕경』의 저자 노자(老子)가 이같이
설파(說破)한 대상은 일반인이 아니었다 하지요
일종의 제왕학(帝王學)이라 할 수 있어요.
왕에게 통치의 요결(要訣)을 제시하며
물처럼 정치하라. 고 권했던 것이지요.

물은 만물을 이롭게 해주지만 공을 다투지 않는다.
사람들이 싫어하는 낮은 곳으로 흐른다. 는 뜻이지요.
그러므로 도에 가깝다.
인간은 물에서 배우고 물처럼 살아야 하겠어요.♧

치매 예방하려면

절대로 걸려서는 안 되는 치매
노인의 삶을 잔인하고 무자비하게 짓밟고 인격을
파괴하며 무덤까지 안고 가야 하는 불치의 병이다.
생의 마지막을 처참하게 끝내는 치매는
절대로 걸리지 말아야 하는 질병이다.

♣ 殘忍(잔인)하고 무서운 치매 ♣
1, 원인 : 지속적이고 반복적으로 뇌세포가 손상
되어 정상기능을 못 하는 상태로 중추신경의 만성
적인 퇴행성 질환이다.

2. 증상 : 기억력, 사고력, 이해력, 판단력, 자제
력, 계산능력, 언어능력, 인지능력, 시간개념, 공간
개념 등이 상실 또는 저하되어 도덕성이 파괴되어
의식 없는 행동을 한다.

3. 예방 : 동물성 지방 섭취를 제한하고, 해 조류
채소, 견과류, 콩, 깨 등을 섭취하며, 고혈압, 당뇨
병 관리를 잘해야 하며, 유산소 운동, 긍정적인
사고, 매사에 흥미와 호기심을 가지고 친교를
하며 지적인 두뇌활동을 한다.

◈ 치매 환자의 몇 가지 공통점이 있다.

◆ 첫째는 뇌의 노화(老化)다. 인간은 약 천억 개의 뇌세포를 가지고 태어나지만, 매일 10만 개씩 죽어 가는데, 외부적인 원인이 있으면 더 늘어 간다. 뇌세포는 한번 파괴되면 재생되지 않는다.

◆ 둘째는 우울증(憂鬱症)이다.
이상하게도 여성은 남성보다 고령까지 생존(生存)할 확률은 높지만, 치매에 걸릴 확률도 13%나 더 높다고 한다. 스트레스는 뇌의 노화를 가장 촉진하는 요소다.

◆ 셋째는 기타(其他) 이유 들이 있다.
먼저 고령(高齡)을 들 수 있다. 나이가 많으면 발병 확률이 높다. 다음으로 가족(家族)력 이다.
직계 가족이 2세대에 걸쳐서 65세 이전에 치매에 걸린 적이 있다면, 확률은 25%까지 높아진다.
그리고 외상(外傷)이다. 의식을 잃을 정도로 심하게 머리를 다치거나 반복적으로 계속 충격을 받은 경우는 보통 사람보다 발병 가능성이 많아진다.
치매를 암(癌)보다 무섭다고 말하는 것은 암 환자는 마지막까지 효도를 받지만, 치매는 자신이 누군지도 모른 채 죽어가기 때문이다.
치매는 아무나 걸리는 질병은 아니다.

◈ 치매 예방이 가능 하다

◆ 첫째는 육체적 운동(運動)이다.
(걷기 운동 맨손체조) 정신적(精神的) 운동으로
독서, 컴퓨터 등 두뇌활동이 좋다.

◆ 둘째는 긍정적(肯定的)인 삶이다.
평소에 많이 웃으면 우울증과 치매를 예방하고
사회봉사나 취미활동, 종교 활동을 하면
긍정적인 사고로 바뀐다.

◆ 셋째는 식생활(食生活)에 있다.
흡연과 과음을 피하고, 염분섭취를 줄이고,
소식(少食)을 한다.

단백질이 부족하지 않게 동물성과 식물성의
균형 있는 식사를 한다. 비타민도 필수적이며
신선한 과일과 채소를 많이 섭취하는 것이 좋다.
꼭 실천하여 예방하며
우리 모두 건강하게 삽시다. ♣

선인장 꽃

아! 좋은 것도 생활환경에 맞춰 자제하는 습관을 길러야
겠다는 생각이 있다. 언젠가는 큰 짐이 되어서 버리지도
못하고 줄이지도 못한 환경에 도달할 때가 있게 마련이다.
이제는 꼭 생활에 필요한 도구만 있으면 좋겠다는 생각이
있다. 전자제품, 냉장고에는 가득 찬 먹을거리, 옷장에 가
득 찬 옷, 우리의 외관에 볼거리, 읽을거리들, 물질에 갇
혀서 살아가고 있다. 필요 없는 물건을 버리면서 정리하고
살아가는 삶이 단순하고 행복을 느끼는 삶이 될 것이다.

행복을 얻기 위한 12가지 방법

1. 좋아하는 일을 하라.

2. 즐겁게 행동하라. 행복한 표정을 짓고
낙천주의자이며 외향적인 사람인 척하라.

3. 가장 좋은 친구는 나다.
자책하거나 자신에게 불가능한 요구를 하지 마라.

4. 자신에게 작은 보상이나 선물을
함으로써 매일 현재를 살아라.
그렇게 하는 것이 좋아서 주는 것이다.

5. 친구와 가족을 위해 시간과 노력을 투자하라.

6. 현재를 즐겨라. 문제가 발생하면
낙천적으로 생각하라.
문제를 과장하지 말고 좌절하지 않으면
행복의 바탕이 되는 중심을 찾을 수 있다.

7. 인생의 즐거움을 만끽하라.

8. 시간을 잘 관리하라. 상위목표를 세우라.
그리고 그 목표를 매일매일 실천할 수 있는

작은 목표들로 나누어라.

작은 목표들을 하나씩 달성하다 보면

어느새 시간을 잘 관리하는 즐거움을 맛볼 수 있다.

9. 스트레스와 역경을 헤쳐나갈 수 있는

나름의 방법을 준비하라.

10. 음악 감상하라. 휴식과 자극을 동시에 느낄 수 있다.

11. 활동적인 취미를 가지라.

12. 자투리 시간을 생산적으로 활용하라.

  생각을 정리할 시간을 가져라. ♣

자신을 격려하고 아끼는 방법

* 30분 동안 쉬거나 자거나 하며

  아무것도 하지 않는다.

* 아니면 여유를 가지거나 아로마테라피 목욕을 한다.

  교외나 공원으로 산책하라 간다.

  아니면 정원이나 화분을 돌 본다.

* 음악 감상을 하거나 재미있는 영화를 본다.

* 머리 손질을 하거나 얼굴이나 몸에 마사지를 한다.

* 시장에 가서 자신에게 필요한 물건을 구입한다.

* 헬스클럽에서 운동을 하거나 수영이나 사우나를

  하거나 낚시를 하거나 테니스를 친다.

* 지금의 감정을 글로 옮기거나 편지나 시를 쓴다.

  영감을 주는 책을 읽는다.

* 상상력을 동원해 이 목록의 내용을 바꾸거나

  새로운 내용을 덧붙여 보라. ♣

◇ 내 인생은 강물처럼 흘러가는데 청춘은 바람처럼
날아갔다. 살아갈 날은 날마다 줄어가더라도 나는
언제나 좋은 삶을 찾아서 좋은 삶을 살아간다.

타인에게 좋은 친구가 되는 방법

* 타인에게 관심을 가져라.

* 마음을 열어라. 자신은 좀 더 내보여야 한다.

* 친구들과 새로운 도전을 하라. 또 그들과 공동의
  목표를 가져보는 것도 좋다.

* 자신 있게 행동하고 활동적으로 생활하라.

* 남들이 신뢰할 수 있는 사람이 되라.

* 긍정적인 의사소통을 하라.

음성의 높낮이나 크기를 조절하여…….

* 눈을 맞춰라.

* 먼저 말을 걸어라.

* 귀담아 듣는 법을 배워라.

* 친구들을 거울로 삼아 자신을 들여다보라.

* 극단적으로 반응하지 말라.

* 혼자 있는 것에 익숙해져라.

* 용서를 배워라.

* 사회생활로 친분을 쌓은 사람들과만
  사귀는 태도를 버려라.

* 친구에게 충고를 해줘라.

하지만 친구에게 충고하기 전에

그가 듣고 싶어 하는지를 먼저 물어보아라.

 만인을 행복으로 이끄는 비법은 없지만

행복을 느낄 수 있는 능력을 배양하는 기술은

분명 존재한다는 것이 행복 이론의 기본 전제다.

행복이란 바이올린 연주나 자전거 타기처럼

"일부러 익혀야 하는 기술"이요,

"연습할수록 느는 삶의 습관"이다.

또 물질적 충족보다는 정신적 투자에 가치를 둔다.

예컨대, 복권 당첨자의 행복한 시간은

 5년 정도뿐이고 그 이후에는 다시 당첨 전의

  심리 상태로 돌아간다고 한다.

"기본적 욕구가 충족되면 여분의 돈이 더 있다고

 해서 인생이 더 행복해지지는 않는다."

심리테스트에서 행복수준이 높은 것으로 나온

사람이 독감백신을 맞았을 때 항체생성률이

  그렇지 않은 사람보다

50%가 더 높다든가,

  어렸을 때 많이 활짝 웃었던 여성이

나이 먹어서도 더 행복한 삶을

산다는 학계 보고도 있다.

"여럿이 있을 때 웃는 경우는 혼자 있을

때의 30배"라든가,

"우리는 사랑하는 사람에게 감정적으로

　매우 잔인할 때가

있는데 그것은 가족이 우리를 버릴 리가

　없다는 생각으로 가장 공격적인 충동을

　배출하기 위해 가족을 이용하고 학대한다."

라는 내용은 평소 간과하기 쉬운

부분으로 가슴에 새기면 좋겠다.

서두에 나온

　돈, 일, 사람, 섹스, 가족, 자녀, 음식, 건강,

운동, 애완동물, 휴가, 공동체, 미소,

　웃음, 영성, 나이 들기 등등

17가지 분야에 걸쳐 행복 추구를 귀 뜸 하는

　도움말이라고나 할까.

저자들은 두 달 동안이라도 이

　행복 헌장을 실천하기 위해

노력해보라고 권고하고 있다.

　그러면 변화된 모습을 발견할 수

있을 것이라고 장담 한다.

행복한 인생길을 열어줄지도

　모르는 이 귀중한 힌트들을

염두에 두고 한번 따라 해보는 것은 어떨지요? ♣

나한테 온 이익과 기회를 나눠야 건강하다.

공을 갖고 있으면 모든 시선이 나에게 쏠려요.
공을 패스하면 관심도 넘어가요.
공을 독점하면 내가 승리하는 것 같지만
결국은 다 죽더라고요. 축구는 결국 패스예요.
패스만 잘하면 골 넣을 확률이 높아요. 축구뿐 아니라
사회도 마찬가지예요. 작은 욕심으로 머뭇거리지 말고
줄기차게 나한테 온 이익을, 기회를 나눠야 건강해져요.
- 이영표, 국가대표 축구선수
"남을 돕는다고 하면 보통 사람들은 자신을 희생한다
고 생각하지만 사실 남을 도울 때 최고의 행복을 얻는
것은 자기 자신이다." 달라이 라마의 가르침입니다.
내가 아닌 남의 성공을 먼저 도울 때, 조직의 성공이
커지고, 나의 성공도 더불어 커지게 됩니다.
팀은 늘 개인보다 강합니다. ♣

♡ 얼굴을 펴면 인생길이 펴진다. ♡

사람을 만날 때 첫인상은 대단히 중요하다.

첫인상은 보통 3초 안에 결정된다고 한다.

첫인상에 대한 아주 흥미로운 연구가

캘리포니아 대학의 심리학과 교수인 알버트 메라비안에

의해서 행해졌다.

그는 커뮤니케이션에 있어서

언어적인 요소(말하는 내용)가 7%,

외모, 표정, 태도 등 시각적인 요인이 55%,

그리고 목소리 등 청각적인 요인이

38%를 차지한다고 했다.

그리고 이러한 원칙은 첫 만남에서

가장 강력하게 나타난다고 한다.

그의 연구를 웃음의 측면에서 보면

웃는 얼굴과 웃음소리가

첫 만남의 93%를 지배한다고 해도 무방할 것이다.

[얼굴]이라는 책으로 베스트셀러 작가 반열에 오른

미국의 과학 저널리스트 대니얼 맥닐은

그의 저서를 통해 판사들은 재판에 임할 때 공평무사하게
판결을 내리는 것 같지만 실제로는 재판 중에 미소를 짓
는 피고인에게 더 가벼운 형량을 선고한다고 밝혔다.
가장 객관적이고 논리적인 곳이어야 할
법정에서도 웃음과 미소가
최고의 변호사가 될 수 있다는 이야기이다. ♣

- 좋은 글 중에서 -   신호등-옮긴 글 ♣

잠자는 능력 깨워 팀워크로 곱게 빚어내기

오케스트라를 지휘하는 자기는
정작 아무 소리도 내지 않습니다. 그는 얼마나 다른
이들이 소리를 잘 내게 하는가에 따라 능력을 평가받습니
다. 다른 이들 속에 잠자고 있는 가능성을 깨워서 꽃
피게 해주는 것이 바로 리더 십 아니겠습니까?
                    - 벤 젠더, 보스턴 필 하모닉 지휘자
리더는 자기가 한일로 평가받지 않습니다.
리더는 조직 구성원들이 하는 일로 평가받게 됩니다.
따라서 조직 구성원에게 책임과 권한을 위양 하고
그들이 성공과 성장을 이뤄낼 수 있도록 섬기고
코칭 하는 것이 리더의 역할이어야 합니다.

출처 조영탁 행복한 경영 이야기<ml@hunet.co.kr>

마음먹는 만큼 행복하다

지금 당장 행복해지겠다고 결심하라.
행복과 불행은 마음먹기에 달려 있다.
늘 자신에게는 행복보다 불행만 있다고
생각하면서 매사에 자신 없어 하는 사람들이 있다.

이런 사람들은 아무리 좋은 일이 생겨도
기쁘게 받아들일 줄 모르므로 불행할 수밖에 없다.
스스로 행복하겠다고 결심을 해야 행복하다.
좋은 일이 일어나면, 그 일을 있는 그대로
인정하고 받아들여라.
그리고 마음껏 기뻐하라.

주변 사람들이 불행할 때도 마찬가지다.
행복과 불행은 스스로가 어떻게 마음을 먹고
어떤 쪽을 선택하느냐에 따라 다르게 다가오는 것임을
명심하라. 결심하는 만큼 행복해질 수 있다.
"모든 사람은 마음먹는 만큼 행복해진다."
에이브러햄 링컨의 말이다.

누구에게나 시련은 있게 마련이다.

시련과 고난에 대처하는 방법에 따라 행복의 수준이 결정된다. 인생은 자신이 원하는 만큼 좋아질 수도 있고 나빠질 수도 있다. 행복해지기 위해서는 우선 현실적인 목표를 세워야 한다. 살다 보면 불행한 일은 얼마든지 일어날 수 있다. 가까운 친구나 가족, 혹은 친척이 병이 들거나 죽을 수도 있다. 아침에 눈을 뜨니 왠지 세상이 막막해질 때도 있을 것이다. 중요한 것은 그 모든 일을 스펀지가 물을 흡수하듯 여과 없이 받아들이는 일이다.

그리고 그 느낌에 자유로워지는 것이다.

행복해지려고 지나치게 애쓰다 보면

오히려 더 비참해질 수도 있다.

어느 드라마에서 주인공이 했던 말이 떠 오른다.

"우리 엄마가 행복해지려고 그렇게 욕심을 부리지

않았더라면 지금보다 훨씬 행복해져 계실 텐데."

행복은 욕심만으로 얻어지는 것이 아니다.

때로는 그저 자신이 행복하다는 사실을

잊지 않는 것만으로도 행복해질 수 있다. ♧

― 고래뱃속 탈출하기 ―

멋지게 사는 열 가지 조언

1. 힘차게 일어나라.

시작이 좋아야 끝도 좋다.

육상선수는 심판의 총소리에 모든 신경을 집중시킨다.

0.001초라도 빠르게 출발하기 위해서다.

매년 365번의 출발 기회가 있다.

빠르냐. 늦느냐가 자신의 운명을 다르게 연출한다.

시작은 빨라야 한다.

아침에는 희망과 의욕으로 힘차게 일어나라.

2. 당당하게 걸어라.

인생이란 성공을 향한 끊임없는 행진이다.

목표를 향하여 당당하게 걸어라.

당당하게 걷는 사람의 미래는 밝게 비쳐지지만,

비실거리며 걷는 사람의 앞날은 암담하기 마련이다.

값진 삶을 살려면 가슴을 펴고 당당하게 걸어라.

3. 오늘 일은 오늘로 끝내라.

성공해야겠다는 의지가 있다면 미루는 습관에서 벗어
나라. 우리가 사는 것은 오늘 하루뿐이다.

내일은 내일 해가 뜬다 해도 그것은 내일의 해다.

내일은 내일의 문제가 우리를 기다린다. 미루지 말라.

미루는 것은 죽음에 이르는 병이다.

4. 시간을 정해 놓고 책을 읽어라.

책 속에 길이 있다. 길이 없다고 헤매는 사람의 공통
점은 책을 읽지 않는 데 있다.

지혜가 가득한 책을 소화 시켜라.

하루에 30분씩 독서 시간을 만들어 보라.

바쁜 사람이라 해도 30분 시간을 내는 것은 힘든 일이
아니다.

하루에 30분씩 독서 시간을 만들어 보라.

학교에서는 점수를 더 받기 위해 공부하지만,

사회에서는 살기 위해 책을 읽어야 한다.

5. 웃는 훈련을 반복하라.

최후에 웃는 자가 승리자다.

그렇다면 웃는 훈련을 쌓아야 한다.

자신을 돋보이게 하는 일도 웃음이다.

웃으면 복이 온다는 말은 그냥 생긴 말이 아니다.

웃다 보면 즐거워지고 즐거워지면 일이 술술 풀린다.

사람은 웃다 보면 자신도 모르게 긍정적으로 바뀐다.

웃고 웃자. 그러면 웃을 일이 생겨 난다.

6. 말하는 법을 배워라.

말이란 의사소통을 위해 하는 것만은 아니다.

자기가 자신에게 말을 할 수 있고,

절대자인 신과도 대화할 수 있다.

해야 할 말과 해서는 안 될 말을 분간하는 방법을

깨우치자. 나의 입에서 나오는 대로 뱉는 것은 공해다.

상대방을 즐겁고 기쁘게 해주는 말 힘이 생기도록 하는 말을 연습해보자. 그것이 말 잘하는 법이다.

7. 하루 한 가지씩 좋은 일을 하라.

하루에 크건 작건 좋은 일을 하자.

그것이 자신의 삶을 빛나게 할 뿐 아니라 사람답게 사는 일이다.

좋은 일 하는 사람의 얼굴은 아름답다.

마음에 행복이 있기 때문이다.

8. 자신을 해방하라.

어떤 어려움이라도 마음을 열고 밀고 나가면 해결된다. 어렵다, 안 된다, 힘들다고 하지 말라.

굳게 닫힌 자신의 마음을 활짝 열어보자.

마음을 열면 행복이 들어온다. 자신의 마음을 열어 놓으면 너와 내가 아니라 모두가 하나가 되어 기쁨 가득한 세상을 만들게 한다.

마음을 밝혀라. 그리고 자신을 해방하고 있다.

9. 사랑을 업그레이드 시켜라.

사랑은 아무나 하는 것이 아니다.

그런데도 아무나 사랑을 한다. 말이 사랑이지 진정한 사랑이라고 할 수는 없는 일이다.

처음에 뜨거웠던 사랑도 시간이 흐름에 따라 차츰 퇴색된다. 그래서 자신의 사랑을 뜨거운 용광로처럼 업그레이드 시키는 것이 필요하다. 지금의 사랑을 불살라 버리자. 그리고 새로운 사랑으로 신장개업하라.

10. 매일 매일 점검하라.

생각하는 사람만이 살아남는다.

생각 없이 사는 것은 삶이 아니라 생존일 뿐이다.

이제 자신을 점검해 보자. 인생의 흑자와 적자를 보살피지 않으면 내일을 기약 수가 없다.

저녁에 그냥 잠자리에 들지 말라.

자신의 하루를 점검한 다음 눈을 감아라.

인생에는 연장전이 없다. 그러나 살아온 발자취는 영원히 지워지지 않는다. ♣

★ 청산은 나를 보고   - 나옹화상 -

청산은 나를 보고 말없이 살라 하고

창공은 나를 보고 티없이 살라 하네

사랑도 벗어놓고 미움도 벗어놓고

물같이 바람같이 살다가 가라 하네

청산은 나를 보고 말없이 살라 하고

창공은 나를 보고 티없이 살라 하네

성냄도 벗어놓고 탐욕도 벗어놓고

물같이 바람같이 살다가 가라 하네

이 시는 고려말의 승려 나옹화상
[1320-1376]의 작품입니다. 탐욕
성냄 어리석음 이렇게 탐진치[貪瞋治]를
내려놓으면 깨달음에 이른다고 한다.

마음을 깨끗하게

씻어주는 것을 느낄 수 있다. ♧

함께 맞이하는
따뜻한 봄

함께의 힘으로 코로나바이러스감염증-19도
잘 극복해 나가고 있는 대한민국

추운 겨울을 이기고 봄이 찾아온 것처럼
농업인과 국민의 삶의 터전에도
따뜻한 봄이 찾아오고 활력 넘치는
대한민국이 되리라 믿습니다

함께 따뜻한 봄을 맞이하는 그 날까지
농협도 최선을 다하겠습니다

참고 문헌

조영탁의 행복한 경영 이야기　　<ml@hunet.co.kr>

상대방의 마음을 읽는 기술　　　　　유종문 편저

사람을 움직이는 대화의 기술
　　　　　　　　조지라드 외지음 김용환 편역

뜻을 세우고 삽시다.　　　　　　　　　안병욱

사람의 마음을 얻는 법　　　　　　김상근 지음

류재준의 인생 독서　　　　　　　류재준 지음

인생은 멈추지 않는다　하이럼스미스 지음 김태훈 옮김

처음을 위하여 마지막을 위하여　　　안병욱 지음

김연아의 7분 드라마　　　　　　　　김연아 글

관계를 깨뜨리지 않고 유쾌하게 이기는 법 이정숙 지음

기적의 두뇌　　　　　　진 카퍼 지음 이순주 옮김

바보처럼 공부하고 천재처럼 꿈꿔라.
　　　　　　　　　　　　반기문 신웅진 지음

천재는 이렇게 만들어 진다　　유아.영재교육연구회
　　　　　　　　영유아 능력개발연구원 공편

인류의 눈물을 닦아주는 평화의 어머니
　　　　　　　　　　　한학자 총재 자서전

뇌 체질 사용설명서
　　　에릭 R. 브레이버맨 지음 윤승일 이문영 옮김

어떻게 원하는 것을 얻는가

스튜어트 다이아몬드 지음 김태훈 옮김

재미있게 말하는 사람이 성공한다   유재화 김석준 지음

외교관은 국가대표 멀티플레이어   김효은 지음

성공하는 사람들의 7곱가지 습관

스티븐코비 지음 김경섭 옮김

내 안에 잠든 거인을 깨워라

엔서니 라빈스 지음 이우성 옮김

목적이 이끄는 삶   릭 워렌 지음 고성삼 옮김

원칙 중심의 리더십

스티븐코비 지음 김경섭 박창규 옮김

사랑을 주고 갈수만 있다면   이계진 지음

배우는 이의 7가지 법칙

브루스 월킨슨 지음 홍미경 옮김

사람의 마음을 사로잡는 칭찬의 힘   데일 카네기 지음

노자(老子)는

자신이 주창한 도(道)의 상징적 이미지로 물을
잘 사용하였지요. 『도덕경』 78장에서도 살펴볼 수 있는데 "
세상에 물보다 더 부드럽고 약한 것은 없지만 굳고 강한 것
을 치는데 물을 이길 수 있는 것은 없다. 약함이 강함을
이기고 유연함이 단단함을 이긴다, 천하에 그것을 알지
못하는 사람은 없다. 그러나 실행하는 사람은 있는가."

♬ 좋은 삶을 찾아 잘 살아가는

지은이 류 희 범 시인 수필가

ryuhb7@naver.com

25대 한국 현대 시인협회 발전위원.

대통령 표창장 수상

★ 지은이의 출간도서

내 마음의 열매 시집 2017. 11. 23

풀잎에 영롱한 이슬 시집 2019. 4.

★ 지은이의 응모 당선 시

익어 가는 나 공무원 연금지 2016년 1월호

세월아 공무원 연금지 2018년 7월호

살아보니 아름답고 찬란했다

살아보니 아름답고 찬란했다

저　　　자　류희범

편　　　집　류희범
찬　　　조　정춘자
협　　　조　류경탁
책명 지은이　류경호
표지 디자인　장상화

1판 1쇄 발행　2021년 02월 03일

저 작 권 자　류희범

발 행 처　하움출판사
발 행 인　문현광
주　　소　전북 군산시 수송로 315 MJ빌딩, 3층 하움출판사
I S B N　979-11-6440-752-1

홈 페 이 지　http://haum.kr/
이 메 일　haum1000@naver.com

좋은 책을 만들겠습니다.
하움출판사는 독자 여러분의 의견에 항상 귀 기울이고 있습니다.